# Amoureuse du milliardaire

RACHAEL STEWART

# Amoureuse du milliardaire

*Traduction française de*
CHRISTINE MAZAUD

AZUR

HARLEQUIN

*Collection :* Azur

*Titre original :*
THE BILLIONAIRE BEHIND THE HEADLINES



**HARPERCOLLINS FRANCE**
83-85, boulevard Vincent-Auriol, 75646 PARIS CEDEX 13
Service Lectrices — Tél. : 01 45 82 47 47 - www.harlequin.fr
ISBN 978-2-2804-8753-5 — ISSN 0993-4448

Composé et édité par HarperCollins France.
Imprimé en mai 2023 par CPI Black Print (Barcelone)
en utilisant 100% d'électricité renouvelable.
Dépôt légal : juin 2023.

FSC www.fsc.org MIXTE Papier issu de sources responsables FSC® C159065

Pour limiter l'empreinte environnementale de ses livres, HarperCollins France s'engage à n'utiliser que du papier fabriqué à partir de bois provenant de forêts gérées durablement et de manière responsable.

# 1.

— Bree ! Bree ! Viens !

Bree, étonnée, posa sa cuiller en bois et se sécha les mains sur son tablier. Ce n'était probablement rien de grave, mais l'appel d'Angel était pressant. Il devait se passer quelque chose d'intéressant devant la pension de sa grande amie Felicity.

Bree sortit de la cuisine et se dirigea vers le bar où se trouvait Angel, seize ans, la fille de Felicity, qu'elle gardait pour la journée.

— Tu ne devais pas m'aider en cuisine ?

Angel fixait son attention sur l'agitation qui régnait au-dehors.

— Regarde-les ! Je sais qu'on est un piège à touristes, mais quand même… Tous ces journalistes ! Tu ne penses pas qu'on devrait aller leur parler ?

— Ah, sûrement pas !

Angel ronchonna.

— Ça serait génial pour notre business. Rends-toi compte, tout ce monde qu'on attirerait à la pension rien qu'en mentionnant son nom…

— C'est non.

— On pourrait peut-être appeler maman et voir ce qu'elle…

— Non ! On ne va pas déranger ta mère.

Angel fit une moue dépitée.

— Toi aussi, tu crois qu'il y a quelque chose entre eux ? Entre maman et ce type avec qui elle vient de partir.

C'était évident, mais Bree se garda bien de confirmer. Son amie méritait un peu de bonheur avec l'homme surgi de son passé qui, la veille au soir, avait fait irruption à la réception en demandant une chambre pour la nuit. Cet homme qui leur valait d'avoir une horde de journalistes devant la porte.

— Angel, voyons, ça ne nous regarde pas.

La jeune fille se retourna vers l'extérieur.

— Qu'est-ce qu'ils voulaient, eux, d'abord, Bree ?

— Des infos sur quelqu'un qui doit être dans le coin.

— Quelqu'un d'assez important pour attirer tout ce monde. T'es sûre qu'on peut pas les laisser entrer ?

— Absolument sûre.

— Ça serait bon pour nos affaires. Tu vois d'ici le bar ?

Peut-être. Mais c'était non.

De toute manière, la presse faisait fausse route. Une erreur d'identité. Le type qu'elle traquait s'appelait Sebastian Dubois. C'était le propriétaire d'une chaîne d'hôtels de luxe, un milliardaire qui sortait rarement de sa tour d'ivoire et n'avait aucune raison de venir dans un trou comme Elmdale.

Rien à voir avec Sebastian Ferrington, le riche héritier de la plus grosse propriété d'Elmdale, client de leur pension et chevalier servant de Felicity pour la journée.

De nouveau, on tambourina à la porte.

— Je vous ai dit qu'on était fermé.

— Ça ne sera pas long.

— Peu importe, dit-elle tout bas.

Peut-être valait-il mieux, quand même, appeler Felicity pour la prévenir. Elle avait semblé bien agitée en lui demandant de s'occuper de la pension pour la journée. C'était un service qu'elle n'avait encore jamais sollicité.

Et pour cause ! Depuis trois ans qu'elles se connaissaient, Felicity n'avait pas pris un jour de congé. Elle pouvait bien passer une journée avec cet homme revenu du passé.

Un homme qui s'appelait bel et bien Ferrington. Pas Dubois. Toute rougissante, Felicity en était convenue.

— Ça va comme ça, dit Bree, occupons-nous de nos gâteaux.

Angel allait la suivre quand il y eut un bruit de voiture.

— Oh là là ! lança-t-elle, le nez collé à la fenêtre. Si c'est un journaliste, moi je change d'orientation.

— Pourquoi ?

Le moteur de la voiture ronfla, s'emballa et se tut.

— Parce qu'il est en Porsche ! Viens voir ça !

Bree, les yeux ronds, rejoignit Angel et jeta un coup d'œil dehors. Il lui en fallait plus, à vingt-huit ans, pour se laisser impressionner.

— Allez, les muffins devraient déjà être au four.

— Oui, mais je voudrais bien savoir qui c'est. Ça doit être quelqu'un d'important.

— On s'en moque. Viens ! On a aussi le broc de mojito à préparer.

— J'y aurai droit ?

— Sûrement pas ! Pas tant que tu es sous ma tutelle !

Bree commençait à s'interroger. Et si elle se trompait ? Et si Ferrington et Dubois étaient un seul et même homme ? Si c'était le cas, il allait leur falloir beaucoup de mojito !

— Alors, tu arrives ? insista-t-elle.

— Oui. Non, attends, Bree !

— Ça suffit maintenant, Angel. Je vais…

Angel fila à la réception, fourragea dans les journaux et revint en courant, un magazine à la main.

— Incroyable ! Le type à la Porsche, là, tu sais qui c'est ? Tu vas pas me croire ! Regarde, j'ai sa photo !

Bree s'exécuta à contrecœur.

— Mince, alors ! C’est lui, c’est sûr !

L’homme descendu de la superbe Porsche était reconnaissable sur-le-champ. Ces cheveux blonds, cette mèche qui lui tombait sur le front, cette mâchoire carrée et ce sourire irrésistible – sa marque de fabrique – faisaient rêver tous les ados.

— C’est lui, hein ? C’est bien ça ?

Bree hocha la tête.

— Je n’en reviens pas !

Elle regarda de nouveau la photo puis dehors, comme si besoin était de comparer. Mais aucun doute n’était possible.

Lui ici ?

*Le* Theo Dubois. Le plus séduisant, le plus riche, le plus *tout* du monde ! Theo Dubois ! Le frère de Sebastian, aussi, était donc ici. Les journalistes n’allaient plus savoir où donner de la tête !

— Je vais chercher mon portable, fit Angel en se sauvant. Je vais raconter ça à Iona. Elle va pas me croire.

— Sans doute pas…

De retour à la cuisine, Bree remua le mojito et alluma sa tablette. Elle tapa *Sebastian Dubois,* puis *rechercher.* Des photos s’ouvrirent, plein écran. Pas très nettes. Juste assez pour constater que Dubois et Ferrington étaient une seule et même personne.

Elle lut les légendes sous les clichés.

*L’héritier sort du bois.*

*Le Reclus retrouve la terre de ses ancêtres. Pour l’héritage.*

— Qu’est-ce que tu regardes ? demanda Angel.

Ignorant la question, Bree attrapa une cuiller en bois et touilla la pâte qui reposait dans un saladier. Elles sursautèrent. On frappait à la porte.

— J’y vais ! dit Angel.

— Non, surtout pas !

Des coups retentirent bientôt à la porte de derrière.

— Je vais les tuer ! lança Bree.

Quelqu'un s'acharnait sur la poignée.

— C'est fermé ! On ne reçoit pas les journalistes. Allez vous faire voir ailleurs !

Si ça continuait, elle allait devoir appeler la police.

Le vacarme cessa. Bree crut entendre une clé dans la serrure. Encore eux ? Avec un passe ?

— Bree Johansson ?

En plus, ils connaissaient son nom ? Dans le fond, ce n'était peut-être pas un journaliste.

— Qui est là ?

Soudain la porte s'entrouvrit puis s'ouvrit en grand, et un homme apparut. C'était la gravure de mode qu'Angel lui avait montrée sur la page du magazine.

— Mon Dieu !

L'exclamation le fit sourire. Ce fabuleux sourire…

— J'ai dit qu'on… était fermé, bafouilla-t-elle, rougissante.

C'était le frère de Sebastian.

*Sois naturelle... normale... Et polie !*

— Je ne suis pas journaliste. Et je n'ai pas besoin de chambre.

— Ah ?

Elle crut que son cœur explosait.

— Vous… vous saviez où la clé était cachée ?

Il remonta la mèche qui lui barrait l'œil droit.

— Mon frère me l'a dit. Flick le lui avait dit. Ils ne vont plus tarder à revenir.

Angel s'approcha.

— Vous êtes le frère ?

Sa question le fit sourire, ses beaux yeux bleus se mirent à briller.

— Hélas ! Et vous ? Vous êtes… ?

— La fille.

Son sourire se figea.

— La fille de… Flick ?

— Hélas !

— Angel ! fit Bree.

— Eh bah, quoi ? C'est lui qui l'a dit en premier !

— Elle a raison.

Il détacha les yeux d'Angel pour regarder Bree, et ce fut le choc. Il se passa quelque chose qu'il ne put cacher.

— Bien, dit-il. Si vous posiez votre ustensile et que vous me laissiez entrer ? J'aimerais fermer derrière moi avant que la horde envahisse les lieux. Je ne sais pas vous, mesdames, mais personnellement j'apprécie la chance que j'ai de me trouver de ce côté de la porte… Encore que…

Il fixa Bree qui rougit puis, lui prenant la cuiller en bois qu'elle brandissait comme une arme, il la posa sur le comptoir.

— Oui, bien sûr, entrez. Nous allions dans la cuisine. Venez avec nous. On essaye une nouvelle recette de muffins. Des muffins au mojito.

— Bree cuisine comme personne ! dit Angel. Quand vous goûtez un de ses trucs, vous devenez addict. Vous verrez !

Elle prit Bree par le bras et la força à se tourner vers lui. Bree se retrouva nez à nez avec le bel inconnu et se troubla.

— Angel ! Tu exagères !

C'était horriblement gênant ! Il la regardait avec ses yeux… ses yeux… ses yeux pleins de… de… ? D'elle ne savait quoi. Si seulement elle avait pu se trouver à six pieds sous terre au lieu de rester plantée là, bêtement, devant lui.

Bon sang ! Que faisaient Flick et Sebastian ? Pourquoi n'arrivaient-ils pas ? Il y avait les muffins à mettre au four, et elle était sur des charbons ardents.

Theo ferma la porte derrière lui et se retourna. Angel ne l'avait pas quitté des yeux. Elle devait avoir dans les seize ans. Seize ans… L'âge où ils avaient quitté Elmdale, son frère et lui. L'année où Flick et Sebastian étaient sortis ensemble. Ce qui pouvait vouloir dire qu'Angel… Non, ce n'était pas possible.

Elle dégagea les mèches qui lui barraient le visage, et ses fossettes apparurent. Mince ! Elle était le portrait tout craché de…

— Vous ne ressemblez pas beaucoup à votre frère, vous ! fit-elle.

— Angel ! lança Bree de la cuisine. Angel.

— On dirait qu'on vous appelle.

— Vous l'entendez, vous aussi ?

Elle lui sourit.

— Allez, venez.

Persuadé que Bree allait lui demander de partir, il s'arrêta à la porte, contrarié à l'idée de devoir les quitter. *Bizarre…*

Mais au lieu de le chasser elle lui fit un large sourire. Ses cheveux devaient la gêner, car elle les torsada en un chignon qu'elle épingla sur le haut de sa tête. Elle avait un cou très long, et ses pommettes, maintenant dégagées, étaient hautes et marquées. Son visage avait du caractère.

— Vous ne voulez pas vous asseoir, monsieur Dubois ?

— « Monsieur Dubois » ?

Sans le vouloir, elle l'avait fait rire.

— Personne ne m'appelle « monsieur », même pas mes employés. Faites comme tout le monde, appelez-moi Theo.

— Comme vous voudrez. Mais asseyez-vous.

— Non, merci, je suis resté assis pendant des heures.

— Vous venez de loin ?

— Très.

Elle capta son regard. Il le soutint. Elle avait de grands yeux marron, chauds. Son voyage avait dû le fatiguer plus qu'il ne le pensait, car il la regardait avec un intérêt certain, comme il ne voulait plus regarder une femme. Oui, c'était sûrement la fatigue. Avec le sexe opposé, c'était fini, pour le moment. Dix minutes plus tôt, il aurait dit « fini pour de bon ». Mais quelque chose chez cette femme le fascinait.

— Très. C'est-à-dire ?

— Pardon ?

— Votre voyage. Vous arrivez de loin ?

— De Paris. Disons cinq cents *miles*. Je n'ai pas fait vraiment attention. J'ai pris le tunnel sous la Manche.

— Vous devez quand même être fatigué.

— Non, ça va.

Elle n'eut pas l'air de le croire, mais il fit celui qui ne le remarquait pas.

Elle allait attribuer ses traits tirés à son voyage, et c'était aussi bien. En réalité, il avait quitté Paris parce qu'il ne dormait plus, ne vivait plus à cause d'une ex qui lui rendait la vie impossible. Il voulait couper les ponts.

— Vous êtes sûr ? Parce qu'on a des chambres libres si vous voulez vous reposer.

— Je suppose qu'il veut d'abord voir son frère, dit Angel.

Bree lui fit les yeux noirs, lui intimant tacitement de ne pas se mêler de ce qui ne la regardait pas.

— Non. Mais je ne sais pas ne rien faire, je pourrais peut-être vous aider ?

S'occuper distrairait ses pensées de Tanya, son ex, et détournerait son regard de Bree.

— Appelez votre frère et dites-lui qu'il y a une bande d'enragés dehors. Il y est peut-être habitué, mais pas Felicity.

— Une bande d'enragés ? reprit-il en riant. Pas d'inquiétude, il le sait. Il aura prévenu Felicity. Dites-moi plutôt, qu'est-ce qu'un muffin au mojito ?

Il se plaça derrière Bree, et le parfum de vanille de sa préparation fit instantanément revenir des souvenirs de l'époque où il travaillait dans une pâtisserie à Paris.

Adolescent à l'époque, il se faisait ainsi de l'argent de poche. Aujourd'hui, cette odeur avait quelque chose de presque excitant.

— C'est un secret de famille, répondit-elle avec un regard en coin.

Craignant de mettre la main à la pâte sans y être invité, il fourra les poings dans ses poches.

— C'est la recette classique, dit-elle. Moins la glace et l'eau gazeuse.

— Vous mettez du rhum, quand même !

— Absolument.

— Bien. Vous ne voulez pas de mon aide, vraiment ?

— Puisque vous y tenez... Tenez, prenez ça !

Et elle lui donna des instructions. Lui, heureux, suivait ses ordres. Il était content d'être utile, content d'être occupé et de pouvoir penser à autre chose.

— Je suis désolée, pour tout à l'heure.

— Pourquoi donc ?

— De vous avoir fait peur avec ma cuiller en bois.

— En effet, fit-il, moqueur.

Ils éclatèrent de rire.

— En fait, j'ai cru que vous étiez encore un de ces journalistes, dit-elle en haussant les épaules.

Il lui lança un coup d'œil, puis regarda Angel. La ressemblance avec son frère semblait évidente. Dans ce cas, c'était sa nièce.

Angel savait-elle que son frère était son père ? Sans doute pas, sinon elle l'aurait accueilli différemment. Et Bree ? Était-ce parce qu'elle savait qu'elle veillait sur l'adolescente comme du lait sur le feu ?

— Vous êtes sûr que vous ne voulez pas vous reposer, vous allonger un peu ? lui demanda-t-elle.

Le téléphone d'Angel sonna, et elle partit en courant décrocher, les laissant seuls tous les deux.

— M'allonger ? Mais je ne veux pas rater la suite.

Il ne la quittait pas des yeux, suivant attentivement chacun de ses gestes. Elle avait sorti un moule et y déposait de petites boules régulières à l'aide d'une cuiller. Peu à peu Tanya et l'affront qu'elle lui avait fait s'éloignaient de ses pensées.

# 2.

Bree n'aurait su dire ce qui la surprenait le plus. Que Theo Dubois fasse des gâteaux avec elle dans la cuisine ou qu'il fasse des gâteaux tout court.

Il n'était pas maladroit. Il savait ce qu'était une cuisine. Il semblait en avoir l'habitude. C'était excitant de voir ses grandes mains charpentées, masculines, à l'œuvre. Les muscles de son torse se contractaient sous l'effort et tendaient le tissu de sa chemise bleue. Il était très concentré…

Il était presque aussi envoûtant que l'odeur de la première fournée de muffins, qui cuisait. Enfin presque.

Et Angel s'éternisait. Ah, ce téléphone ! Bree aurait aimé qu'elle revienne, et vite, ou sa libido trop longtemps négligée allait prendre le dessus.

— C'est une recette d'Annie ?

Il indiqua la pâte qu'il était en train d'étaler, une préparation pour biscuits en pâte brisée. Bree en faisait souvent pour Felicity, notamment les jours où son amie était sous pression, et aujourd'hui en était un.

— Vous savez, Annie, la grand-mère de Flick. C'est sa recette ?

— Ah ? Oui, oui, bafouilla-t-elle.

Mon Dieu, il fallait qu'elle se calme ! Et pourquoi avait-elle soudain si chaud ? Ce n'était pas le four, pourtant.

— Comment la connaissez-vous ?

— Annie en faisait tout le temps pour la pension. Si je passais par là, elle me harponnait pour que je vienne l'aider.

— Elle vous harponnait ?

Hypnotisée par le mouvement de ses mains sur le rouleau à pâtisserie, elle parlait mécaniquement, sans réfléchir.

Elle hocha la tête comme si elle émergeait d'un rêve qui l'avait emmenée très, très loin.

— Ça ne devait pas être très rigolo pour vous. Quand on est jeune, on a des choses plus excitantes à faire.

— Plus excitantes ?

— Quoi ? Ne me dites pas que le jeune Theo Dubois y trouvait du plaisir.

— C'était Ferrington, à l'époque…

Oui, mais elle connaissait mal l'histoire. On racontait beaucoup de choses à ce sujet, mais ce n'étaient pas ses affaires.

Elle se mordit l'intérieur des lèvres.

— N'empêche, dit-il, ça en valait la peine. Parce que c'était bon.

Penchée, l'air concentré, elle réfléchissait.

— Vous savez que vous me surprenez ?

— Ah bon ?

Il se retourna et, les bras croisés et les fesses au bord du comptoir, insista :

— Pourquoi ?

— Parce que vous êtes un Dubois. Theo Dubois.

— Oui, un Ferrington devenu un Dubois. Et alors ? Je ne comprends toujours pas.

— Ça fait tout drôle de vous voir ici, dans notre petit village du Yorkshire, en train de faire des gâteaux comme si c'était une chose normale.

— Et alors ? On a tous besoin de manger.

— Oui, mais… Vous faites partie des dix plus grosses fortunes du monde. Vous êtes milliardaire, non ?

— Ah, je vois ! Vous vous êtes renseignée.

Il la regardait, moqueur, et elle piqua un fard.

— Oui, enfin non, pas vraiment, pas moi.

Il fronça les sourcils.

— Parce que, vous, vous ne vous intéressez pas à ce genre de choses ?

— Ah non ! Évidemment que non !

Devant son air presque écœuré, cette fois il éclata d'un rire énorme qui emplit la pièce.

— Dommage ! Ça m'aurait flatté. En revanche, je suis désolé d'apprendre que ce qui se dit ou s'écrit sur moi est dégoûtant.

— Ce n'est pas ce que je voulais dire.

— Vous faisiez la grimace, pourtant…

Gênée, elle essuya ses mains sur son tablier. Il la taquinait. Elle le voyait à ses yeux qui brillaient, malicieux.

— Si vous voulez tout savoir, j'ai lu ça dans le magazine qu'Angel dévorait quand vous êtes arrivé. Vous avez même les honneurs de la couverture, et… je n'ai pas pu… ne pas le voir.

— Ah bon ?

Elle fit semblant de retourner à ses petits sablés, mais son attention était ailleurs. Elle ne le voyait plus, mais elle sentait son regard dans son dos, comme un laser pointé sur elle.

— Alors vous faisiez des gâteaux avec Annie ? C'était comment, de travailler avec elle ?

— Comme vous l'imaginez. Vous la connaissiez, non ?

— Peu. Elle est morte rapidement après mon arrivée ici. Mais c'est quelqu'un qu'on identifie très vite.

Il garda un instant le silence et reprit :

— C'était un chef ! Elle avait le don de vous faire faire tout ce qu'elle voulait. À l'époque, j'avais besoin d'autorité, et elle s'en est chargée. Elle m'a canalisé, et je ne lui en veux pas. Au contraire.

Bree continua à s'affairer, mais seul ce qu'il racontait l'intéressait.

— En fait, elle a été la seule à comprendre que je n'étais pas qu'une tête brulée et qu'elle pouvait faire quelque chose de moi.

Elle se tourna vers lui. Il avait un regard doux, attendrissant. Enfant, il devait être adorable.

— Je ne vous imagine pas en bagarreur, déclara-t-elle en essayant de cacher son émotion.

— Si vous m'aviez connu, à l'époque !

Elle détourna les yeux et empoigna le moule à muffins.

— Si vous le dites ! fit-elle en l'enfournant.

Il hocha la tête en riant.

— Il a fallu des années de travail et un certain nombre de femmes courageuses pour faire de moi le type que vous avez devant vous !

Elle ne commenta pas. Elle en était incapable tant elle était nouée. Il était trop attirant et, elle, trop sensible à son charme.

— J'ai été triste d'apprendre le décès d'Annie, dit-il.

— Nous tous au village aussi.

— Je m'en doute. C'était un sacré personnage. Ça me fait tout drôle de ne pas la voir là. Ça ne doit pas être facile pour Flick de gérer l'établissement seule.

— Angel l'aide. Des gens du village aussi.

— Vous ?

Mal à l'aise, nerveuse – elle n'aimait pas qu'on lui pose des questions sur elle –, elle chercha à occuper ses mains, à détourner la conversation.

— Cela vous fait quoi, d'être revenu ? Vous avez été absent longtemps.

— Seize ans. Un peu plus.

Le front plissé, sombre, il regarda du côté de la porte. Il avait l'air distant, subitement. Songeur.

Bien sûr ! Angel avait seize ans, aujourd'hui. Sebastian et Felicity... Angel.

Elle fit très vite le calcul qu'il venait probablement lui aussi de faire. Il était peut-être son oncle... Non, il l'était sûrement.

— Je ne vais pas m'attarder, dit-il. C'est juste une petite visite... En fait, je ne sais pas vraiment...

Elle crut sentir l'air lui manquer. À peine arrivé, il songeait déjà à repartir ?

Curieuse, elle prit une profonde inspiration et le relança.

— Ça doit vous faire tout drôle, d'être revenu. Vous avez plein de souvenirs, ici. Et puis il ne se passe pas grand-chose à Elmdale alors que vous...

— Oui... Bof, je ne sais pas.

Il se tourna vers elle.

— Ne vous méprenez pas. Ma vie n'est pas aussi exaltante que vous l'imaginez.

Pour rien au monde, elle n'aurait échangé sa vie à Elmdale contre celle qu'elle menait précédemment à Londres. Mais lui... ? Était-il sincère ?

— Vous voulez dire que votre vie n'est pas aussi... remplie que ce que raconte la presse ?

— Aussi remplie ? Vous voulez dire ennuyeuse, monotone, intense, chaotique, publique. Très, très publique.

Il piqua la pâte avec la fourchette qu'elle venait de lui tendre.

— D'accord, mais avec l'argent que vous avez, vous n'allez pas vous plaindre !

À peine lâchée, sa remarque la gêna ; elle aurait aimé la ravaler. Heureusement, il changea de sujet.

— Donc, la corvée des sablés vous tombe dessus...

Lui non plus ne semblait pas aimer les sujets trop

personnels. D'ailleurs, elle aurait dû éviter ce commentaire déplacé à propos de sa fortune.

Mais il y avait apparemment autre chose. Il était distant, subitement… À quoi pensait-il ?

Sebastian et Felicity… Angel. Les morceaux du puzzle se mettaient en place… Sebastian devait être… Il était sûrement son père.

Comme elle ne répondait pas, il se tourna vers elle. Elle s'empressa de regarder ailleurs.

— Ah oui, les sablés… Non, je ne les fais que lorsque Felicity a besoin de s'absenter.

— Elle en avait vraiment besoin ?

— Absolument.

L'air dubitatif, il haussa les épaules.

— Peut-être, en effet. Je dois dire que ni mon frère ni moi n'avons souhaité ce tapage. Je suis désolé.

— Vous n'y pouvez rien. Les journalistes ne doivent rien avoir de mieux à se mettre sous la dent actuellement.

— Probable.

Il eut un grand sourire qui éclaira son visage. Comme il était tendre, ce sourire ! Irrésistible.

— Vous êtes une vraie amie, vous le savez ? Faire ça alors que vous avez votre propre boulangerie à tenir, c'est beaucoup.

— Ce n'est pas ma boulangerie. C'est celle de ma tante. J'y travaille, c'est tout.

— C'est ce qui vous a amenée ici ? Où étiez-vous avant ?

— Je…

Elle s'arrêta. Il s'était mis de la farine sur la joue et, brusquement, l'envie de chasser cette poudre blanche lui démangeait les doigts. Mais non, il ne fallait pas. Elle devait se retenir. C'était diablement tentant, pourtant.

— Vous ?

Comme tombant d'une lointaine planète, elle secoua la tête.

— Je viens de Londres.

Cela faisait trois ans qu'elle avait quitté Londres, un choc qu'elle n'avait pas encore surmonté. Ne pas penser à son ancienne vie était une chose, encaisser le choc, une autre. Et pour l'instant elle n'avait aucune envie d'en parler.

— Ça doit vous changer ! De Londres à Elmdale !

Feignant l'indifférence, elle haussa les épaules.

— Ma tante était malade, il fallait quelqu'un pour tenir la boulangerie. Mes parents vivent en Écosse, ils sont occupés. Alors c'est moi qui suis venue.

— Une bonne nièce en plus d'une vraie amie.

— Vous me faites passer pour une sainte. Il ne faut rien exagérer.

Elle sourit.

— La ville ne vous manque pas ? Le bruit, l'animation…

— Pas vraiment.

Comme il ne disait plus rien, elle lui lança un coup d'œil. Elle trouvait son frère séduisant, mais lui, Theo… avec son sourire, ses longs cheveux et ces yeux quand il la regardait… Elle ne tenait plus son désir.

Peut-être était-il temps d'enterrer Londres et son ex, l'infidèle, et de s'amuser dans le Yorkshire ? L'ennui, c'était qu'à Elmdale tout se savait. Tout le monde se mêlait des affaires de tout le monde.

— Vite, vite, allume la télévision ! dit Angel, qui accourait. On parle de nous aux infos !

Bree fronça les sourcils. Il devait pourtant y avoir des choses plus importantes dans le monde que…

— Quels voyeurs !

— Le milliardaire propriétaire d'une chaîne d'hôtels de luxe a été vu à Elmdale où il crée le buzz, disait la présentatrice. Sebastian Dubois et Sebastian Ferrington, l'héritier de la famille Ferrington dont on est sans nouvelles depuis un certain temps, ne seraient qu'une seule et même personne. Depuis le décès de Lord Ferrington, il y a un an, la propriété est restée inoccupée. Les deux frères ont revendiqué leur héritage, et une source proche du dossier affirme qu'Elmdale abritera bientôt un complexe de luxe, ce qui viendra allonger la liste déjà longue des établissements de leur empire hôtelier. Notre reporter, Sally-Anne, est sur place. Que dit-on à Elmdale, Sally-Anne ?

— Oui, Lucy. Le retour des deux frères, Sebastian et Theo Dubois Ferrington, est perçu avec une certaine réserve par les habitants d'Elmdale. Nadine, qui est près de moi, est la gérante du restaurant du village. Nadine, que pensez-vous du retour des Dubois ? À votre avis, ce complexe, est-ce une bonne nouvelle pour le village ?

— Je pense que c'est une chance pour notre économie et qu'il ne faut pas la laisser passer.

— Tous les habitants ne partagent pas votre avis, reprit Sally-Anne. J'ai rencontré Martin, le propriétaire du pub de Main Street, il est contre ce complexe. Il dit qu'il défigurera le pays et amènera…

Debout derrière Bree, Theo écoutait.

— Vous confirmez, Theo ? Vous envisagez d'implanter un hôtel de luxe à Elmdale ?

— Effectivement, c'était notre projet et…

Entendant une clameur dehors, il se tut.

— C'est sûrement Sebastian qui revient avec Felicity, ajouta-t-il. Je vous laisse. Je vais assurer le service d'ordre ! Ne bougez pas d'ici.

Et il disparut.

— C'est dingue ! lança Angel. Tu te rends compte, Bree, des milliardaires chez nous ! Ça fait bizarre, non ?

— Oui, très bizarre.

Elle allait devoir parler à Felicity.

Pour l'heure, son problème c'était Theo. Depuis qu'il avait quitté la cuisine, la pièce semblait vide.

Il l'intriguait. Derrière son charmant visage, il cachait beaucoup de choses. Le portrait que la presse people brossait de lui – et qu'il se plaisait à donner de lui-même – ne reflétait pas la réalité.

Elle venait d'avoir un échantillon du vrai Theo, elle voulait tout savoir de lui maintenant.

Elle but un peu du mojito.

— Ça manque de menthe, dit-elle.

Elle en froissa quelques feuilles entre ses doigts, les ajouta, goûta encore. Boire de l'alcool n'était sans doute pas judicieux pour garder les idées claires, compte tenu de ce qui se passait autour d'elle. Mais tant pis, elle en avait besoin !

La porte s'ouvrit brusquement, laissant entrer le brouhaha de la rue.

Les reporters, les flashs, les curieux… Dehors, c'était vraiment le chaos, à l'image de la vie de Theo. Même si sa vie n'était pas que cela.

Il avait été franc avec Bree. Ce qu'il ne faisait jamais avec des inconnus. Il ne se livrait même pas aux personnes proches… Mais ces grands yeux, cette odeur de pain chaud, l'espèce d'aura qui l'entourait, il s'était lâché.

Bree lui avait-elle jeté un sort ?

Après une rupture sanglante avec Tanya, il n'avait pas besoin de cela. À moins que Bree, justement, n'incarne ce dont il avait besoin ?

Bree et Tanya, Tanya et Bree. C'était le jour et la nuit. Le feu et la glace.

Il se passa la main dans les cheveux et, se frayant un chemin à travers la foule, se dirigea vers la voiture garée devant la pension. Il gratta à la vitre, ce qui fit sursauter Flick et rire Sebastian.

Cela faisait combien de temps qu'il ne l'avait pas vu rire ? C'était toujours lui, Theo l'aimable, l'avenant Dubois, qui répondait aux journalistes tandis que son frère jurait dans sa barbe.

Theo ouvrit la portière et, faisant écran entre Flick et les reporters, la conduisit à la porte. Sebastian les suivait.

— Theo, Theo ! Vous revenez pour de bon ?

— Pourquoi avoir changé de nom ?

— Votre projet, Theo ? C'est quoi, votre projet ? Et les rumeurs… ?

Sebastian grinça des dents.

— Entre avec elle, Theo.

Il serra les poings.

— Quelles rumeurs ? Vous n'obtiendrez rien de plus de nous aujourd'hui.

Et il entra.

— Ils sont là depuis quand ? demanda-t-il.

— Avant le déjeuner, d'après Bree.

Theo se caressa la nuque.

— Quel accueil ! Ils se sont jetés sur moi quand je suis arrivé. Heureusement, Bree m'a tout de suite fait entrer. Elle est formidable, cette Bree. Je peux dire qu'elle m'a sauvé !

— Bien, je vais voir ce que fait Angel, dit Felicity. Et Bree. Où sont-elles ?

— Dans la cuisine, elles font des muffins, répondit Theo.

Il vit Sebastian la regarder partir. Il semblait tourmenté.

— Qu'est-ce que tu as ?

— Rien. C'est mon problème. Ça ne te concerne pas.

S'adossant au mur, Theo réfléchit. La veille, au téléphone avec son frère, il avait compris que celui-ci n'allait pas bien. Il avait attribué cela à leur projet. À leur passé aussi, sans doute.

Mais maintenant, vu le lien qu'il supposait entre Angel

et Sebastian, tout le portait à croire que son souci était ailleurs.

— Justement si, ça m'intéresse. Pourquoi crois-tu que je suis arrivé ici un jour plus tôt que prévu ?

Sebastian, l'air sceptique, regarda son frère.

— Tu veux vraiment le savoir ? Je pense que tu fuyais quelque chose.

Il n'avait peut-être pas complètement tort, mais…

— Il n'est pas question de moi mais de toi. Alors, parle.

Sebastian soupira. Une nouvelle fois, il se passa la main dans les cheveux.

— Je ne t'ai jamais vu aussi agité, fit Theo, moqueur.

— C'est ma fille.

— Je sais.

— Comment cela, tu sais ?

— Je m'en doutais. Elle te ressemble et, étant donné son âge et ton histoire avec Flick, pas besoin d'être grand clerc…

Sebastian avait pâli. Son regard était dur, comme vibrant de colère.

— Je ne pardonnerai jamais à notre grand-père. À cause de lui, on a été obligés de quitter Elmdale. Et j'ai abandonné Flick alors que… alors qu'elle…

Il ne termina pas sa phrase. Theo avait compris.

Mais leur grand-père n'était pas seul en cause. Oui, sa méchanceté les avait contraints à fuir, mais si lui-même, Theo, ne l'avait pas blessé aussi grièvement, cette nuit-là, s'il n'avait pas…

— Je te demande pardon, Sebastian. C'est à cause de moi qu'on est partis. Si je ne l'avais pas mis dans une telle rage… Je suis désolé.

— Désolé de quoi ? Ce n'est pas toi qui as abandonné Flick. Et si j'avais voulu j'aurais pu la retrouver. J'aurais alors appris qu'Angel…

Son frère avait beau vouloir le rassurer, Theo se sentait coupable. Il avait torpillé la vie de son frère.

— Arrête, Theo. Arrête de t'accuser inutilement. C'est mon problème, et je vais m'en occuper. Pour l'instant, j'ai une priorité, les protéger de ces vautours de journalistes. Tu les imagines avec tout ce raffut ?

Theo jura. Mieux valait qu'il aide son frère plutôt que de ressasser un passé sur lequel il ne pouvait pas revenir.

— Tu ne peux pas rester ici avec toute cette agitation dehors. Il faut que tu parles à Angel avant qu'eux le fassent.

Une nouvelle fois, Sebastian se passa la main dans les cheveux puis, agacé, il les ébouriffa.

— D'accord, mais où veux-tu qu'on aille ? Je ne peux pas demander à Flick d'abandonner la pension. Elle a des clients.

— Je vais m'en occuper. C'est le moins que je puisse faire. Tu sais que tu peux me la confier en toute tranquillité. Et puis Bree est là. Elle connaît bien la boutique.

— Tu es sûr ?

— Absolument. On voit que tu ne la connais pas.

Des voix de femmes leur parvenaient de la cuisine. C'était joyeux.

— Ça va aller, ne sois pas inquiet. Éloigne-les d'ici et vois ensuite avec Flick quand et comment aborder le sujet avec Angel.

— Où veux-tu qu'on aille ?

— Chez nous. Dans la propriété, puisqu'elle est à nous désormais. Tout est prêt, et vous serez à l'abri. Va parler avec Flick, je m'occupe du reste. Dans une heure tout au plus, les gardiens seront à la grille et Maddie à son poste. Elle n'attend que ça. Elle s'ennuie !

— Quelle fidèle gouvernante on a là !

— Tu as raison ! Bien, il est temps de passer à l'action.

Ils se prirent dans les bras.

— Félicitations, mon frère ! J'espère qu'Angel se rendra compte qu'elle a beaucoup de chance de t'avoir. Et Flick aussi.

— Je ne suis pas certain qu'elles soient de cet avis. Bref… Dis-moi plutôt pourquoi tu es revenu si précipitamment de Paris !

Un bruit à la porte les interrompit.

— Mademoiselle Gardner ! Felicity ! C'est le *White Rose Journal*. On voudrait l'exclusivité. Le prix que vous voudrez.

— On ne répond pas, fit Theo d'un ton sans appel en sortant son téléphone. La sécurité d'abord, puis j'appelle Maddie. Toi, va parler à Flick.

Theo composa un numéro, donna ses instructions et raccrocha. Apparemment – il entendait des bribes de leur conversation – Flick et Sebastian n'étaient pas d'accord.

Dehors aussi on se révoltait.

— *Pas d'hôtel pour riches chez nous ! Nous sommes heureux comme ça.*

— *De mon temps, le domaine faisait partie de la communauté. De nos traditions.*

— *On veut qu'il revienne comme avant.*

Les villageois, qui s'étaient regroupés autour de la pension, manifestaient bruyamment leur inquiétude et, pour certains, leur colère.

Fatigué de les entendre crier, Theo se réfugia dans la cuisine. Le téléviseur était allumé, et la chaîne retransmettait la manifestation. Son frère était catalogué. Mis dans le même sac que leur grand-père. C'était injuste.

Theo n'était pas homme à se laisser abattre. Le moment était venu d'aider son frère. Il lui devait bien ça. Il allait commencer par s'occuper de la pension, faire en sorte qu'elle continue à bien tourner. Bree l'aiderait sûrement. Elle était prête à tout pour son amie.

Bree. Il allait devoir contrôler ses pulsions. L'ancien Theo les aurait suivies, le nouveau Theo avait vécu et s'était amélioré.

Il allait réparer le tort qu'il avait fait à Sebastian. Lui donner les années qu'il lui avait fait perdre avec Angel et veiller à ce que la transition se fasse en douceur.

# 3.

Bree releva le rideau de la boulangerie. Le jour pointait. Le soleil hésitait derrière la flèche de l'église, le ciel promettait une nouvelle belle journée, et les rues étaient encore désertes. Le contraste avec l'agitation de la veille, et même de la nuit, était saisissant.

L'agitation serait encore pire quand la nouvelle éclaterait.

*Angel est la fille de Sebastian.*

La famille nouvellement composée était en sécurité dans le domaine Ferrington. Là, rien ne pouvait l'atteindre.

La journée avait été intense et, si Theo avait été remué par la nouvelle, il n'en avait rien laissé paraître. Il avait fait un maximum pour que la pension tourne normalement et prouver à Felicity qu'il avait la situation en main.

Ce qui signifiait qu'il allait devoir collaborer avec Bree pendant quelque temps. Aussi longtemps que nécessaire.

Bree était sur des charbons ardents. La proximité de Theo la perturbait. Elle avait été impressionnée, la veille, par son efficacité. Grâce à lui, et à une équipe de gars musclés qu'il avait appelée en renfort, Felicity, Sebastian et Angel avaient pu quitter les lieux sans être ennuyés.

Bree se retourna. Sa tante se tenait derrière elle, un panier plein à la main. Elle lissa sa jupe.

— C'est la commande pour la pension ?

— Oui, répondit sa tante en posant le panier sur le côté.

— C'est toi qui fais les livraisons du matin, maintenant ?

— Oui, depuis que Theo Dubois est venu mettre le souk à côté ! Il se prend pour un cadeau du ciel, celui-là ! Tu as intérêt à te tenir à l'écart.

Bree ne put s'empêcher de rire.

— Parce que tu penses que je suis son genre ?

— Avec lui, toutes les femmes font l'affaire.

— Oh ! tante Clara !

— C'est comme ça. L'avantage d'avoir soixante ans, c'est qu'on peut dire ce qu'on pense.

Son oncle arrivait avec un plateau de gâteaux à disposer dans la vitrine.

— Ne fais pas attention à ce que dit ta tante, Bree. Elle veut juste te protéger.

— Me protéger ? fit-elle en éclatant de rire.

Elle n'avait besoin de personne pour ça. Elle était peut-être célibataire, mais ce n'était pas une raison. Elle était grande maintenant et savait ce qu'elle faisait.

— Oui, méfie-toi des hommes, reprit sa tante. Ils sont rusés. Ils savent s'y prendre pour faire perdre la tête aux femmes. Regarde-le, lui, à côté, il a laissé tomber sa dernière conquête, le mannequin… tu vois… la fille qui fait la pub pour le parfum… je ne sais plus le nom. Si, Tanya… Oui, c'est ça, Tanya.

— Bedingfield ?

Son oncle devint tout rouge. Mains sur les hanches, sa tante le foudroya du regard.

— T'es pas fichu de te rappeler la date de notre mariage, mais le nom de cette fille qui a trente ans de moins que toi…

— C'est quelqu'un qui me l'a montrée dans un journal.

— Bien sûr ! Peu importe, il l'a laissée tomber le jour d'un défilé à Paris. Du coup, elle n'y est même pas allée. La pauvre fille était tellement traumatisée !

L'air dubitatif, Bree haussa les épaules.

— Tu ne devrais pas croire tout ce que tu lis.

— Bah non, je ne crois pas tout, mais ça c'est sûrement vrai ! Tu l'as vu ?

— Il ne faut pas se fier aux apparences, dit Bree.

Sur ces mots, elle attrapa le panier et sortit de la boulangerie sous le regard médusé de son oncle et de sa tante.

Trois ans, et ils n'avaient pas oublié. Trois ans, et elle était toujours l'ex-citadine fragile que son amoureux avait prise pour une gourde et laissée tomber. D'accord, elle était venue les aider, mais ils n'étaient pas aveugles, ils avaient vite compris qu'elle fuyait un chagrin d'amour.

Le vent se levait. Le ciel était clair mais il faisait vraiment froid, et Bree n'avait pas pris de manteau. Elle ouvrit doucement la porte de la pension et se dirigea sur la pointe des pieds vers la cuisine. Ça sentait bon le café, et un bruit bizarre venait du bar.

Ce ne pouvait être que Theo, qui n'était pourtant probablement pas un lève-tôt.

Tout excitée, mais prenant une profonde inspiration pour se calmer, elle entra dans le bar. C'était lui. Accroupi sous le comptoir, en jean, les fesses en l'air.

— Salut ! fit-elle au postérieur tendu vers elle.

Surpris, il se releva brusquement et se heurta la tête contre le dessous du bar.

— *Put...*

Il se frotta l'arrière du crâne.

— Ah, c'est vous, Bree ! Vous m'avez fait peur.

— Désolée !

Il leva la main et enleva ses écouteurs.

— Ce n'est pas votre faute, j'écoutais de la musique. Et j'ai vu deux souliers rouges. Je regardais les pompes à bière. Il y en a une qui ne fonctionnait pas bien, hier soir.

— Vous y connaissez quelque chose ?

Il lui fit un sourire... un de ces sourires auxquels il était impossible de résister.

— Je suis un couteau suisse.

— Ce qui veut dire que vous savez *tout* faire ?

— Absolument tout.

Tout. Y compris emballer les femmes et les mettre dans son lit. C'était du moins sa réputation, selon tante Clara.

Devinant le sous-entendu, il rit.

— Désolé, je plaisantais, je n'ai pas pu m'en empêcher. Mais, oui, j'ai quelques compétences en plomberie, en électricité, en moteur de voitures. Je sais presque tout faire, j'ai appris quand j'étais jeune et que je rendais service en faisant des petits boulots.

Il était donc habile de ses mains. L'idée la laissa rêveuse.

— Bree ?

— Heu… Oui.

Elle se racla la gorge.

— Il fait un froid de canard, et je n'ai pas pris de manteau. Tout va bien, ici ?

— Ça roule. À part cette fichue pompe et le cumulus d'eau chaude qui a donné des signes de faiblesse ce matin.

— Felicity a demandé hier à Bill d'y jeter un coup d'œil. Il lui manque une pièce.

— Je vais voir ça avec lui, si vous voulez. Donnez-moi les coordonnées de Bill.

— Non, laissez-moi m'occuper de lui.

— Pourquoi ? Ah, je vois ! Il fait partie de ceux qui ne veulent pas de notre hôtel ici.

— Oui.

— Mais le cumulus… C'est pour la pension de Flick, et je crains qu'il ne faille le changer.

— Elle le sait, mais… c'est cher.

Ils se turent.

Que faisait-elle là à parler cumulus quand il existait nombre de sujets autrement plus captivants ? Découvrir, par exemple, comment il faisait pour être aussi en forme et gérer en même temps un empire hôtelier.

Il eut un drôle de sourire, lisait-il dans ses pensées ?

C’était très désagréable. La prochaine fois, elle dirait à sa tante de venir.

— Je m’en occupe, dit-il, qu’elle ne s’inquiète pas.

Elle faillit lui dire de ne pas s’en mêler. Fallait-il refuser son offre généreuse ? C’était Theo Dubois, le milliardaire. Cela ne lui coûtait rien, ou presque. Et son frère était avec Felicity. Il n’empêche…

— Vous devriez d’abord lui en parler, car c’est quand même bizarre. Vous venez d’arriver et vous rénovez tout.

— Tout, c’est un grand mot. Je vais commencer par regarder moi-même.

— Pourquoi ne faites-vous pas appel à un professionnel ?

Il démonta un bout de métal, le regarda attentivement, puis le nettoya.

— J’aime être occupé. Le temps que je serai ici, j’aurai de quoi faire.

— Vous ne pensez pas que vous pourriez vous consacrer à des choses plus intéressantes ?

Il rit.

— Qu’est-ce que vous proposez ?

Évidemment, elle rougit.

— Vous avez une idée ?

Elle rougit de plus belle. Le ton avait changé. Il se passait quelque chose, comme un courant entre eux, qu’elle aurait préféré ne pas ressentir.

Si seulement le sol avait pu se dérober sous ses pieds, elle aurait voulu disparaître.

— Je préfère garder mon idée pour moi.

Il se détourna et s’éloigna. Elle se glaça, fit semblant de rire, mais elle était déçue, déstabilisée.

Elle était ridicule. Il ne flirtait pas. Elle se faisait des idées. C'était son imagination.

— Bien, dit-elle. Je dois y aller, j'ai… quelque chose de prévu.

Elle fit un grand geste de la main.

— Je vous laisse tout ça. À vous de jouer. Le petit déjeuner des O'Brien est dans le panier. Leur pique-nique, aussi. En cas de problème, appelez-moi, mon numéro est sur le frigo.

Se passant la main dans les cheveux, il la regarda en souriant. Un drôle de sourire, indéfinissable. Entre intérêt et interrogation. Ou autre chose ? En tout cas, sans prétention. D'un seul coup, tout ce qui la faisait souffrir – sa déception et son complexe d'infériorité – s'envola. Comment un simple sourire pouvait-il lui faire un effet pareil ?

— D'accord.

Elle partait quand il la rappela.

— Bree, je vous remercie.

Ces yeux ! Mon Dieu ! Et ce sourire…

*Dis quelque chose, voyons… Ne reste pas là comme une idiote !*

— Je vous en prie.

Theo regarda Bree partir, avec regret.

Qu'est-ce qui lui arrivait ?

Bree était une fille bien. Elle avait bon cœur. Tendre dedans, bouillonnante dehors. Absolument pas faite pour lui. Malgré tout, son corps avait réagi. Cela devait se voir.

A priori il était en repos, un break qu'il s'était imposé. Pas de femmes. Pas de fêtes. Rien.

Et certainement pas de parties fines avec une femme

comme elle, qui méritait autre chose que ce qu'il était prêt à donner. C'est-à-dire, rien.

Il avait une dette envers son frère, une dette morale, il devait être sérieux.

Mais tout chez elle lui plaisait. Ses grands yeux marron, si vifs, son large sourire, sa bouche gourmande. Même sa façon de s'habiller. Les couleurs vives de ses vêtements lui allaient bien et faisaient ressortir sa carnation.

Elle lui posait un problème embarrassant. Il avait son frère et sa nouvelle famille à aider, il ne devait penser qu'à ça !

Son téléphone sonna. C'était Tanya. Un message.

Petit coup de stress.

Pardon de te déranger. Tu peux me rappeler ? Xx.

Il se mit à trembler. Était-il possible de pleurer sur quelque chose qui n'avait jamais existé ? Ou était-ce la colère qui le faisait réagir ainsi ? Colère d'avoir été pris pour un imbécile. Colère d'avoir été trompé de la plus horrible façon. Colère qu'elle lui ait fait tourner la tête et l'ait laissé interloqué et plein d'interrogations.

Il rengaina son portable. Tout compte fait, il devait peut-être des remerciements à Tanya. Elle avait réussi ce qu'il était incapable de faire, calmer ce que Bree lui inspirait en le faisant penser à autre chose.

Il inspira profondément et se pencha sur la pompe défaillante. Le problème était simple, matériel, idéal pour détourner ses pensées.

— Monsieur Dubois ?

Il se retourna.

C'était la petite O'Brien, une peluche à la main.

— Ta maman sait que tu es déjà debout, Becca ?

— Je pouvais pas dormir.

Il regarda derrière elle. Personne.

— Ils sont tous malades. Maman dit que c'est le poisson. Papa dit que c'est comment elle a conduit.

Retenant une envie de rire, il lui tendit la main. Bree venait de livrer les viennoiseries, il allait lui donner un croissant.

— Viens, on ira voir papa et maman ensuite.

Elle lui donna la main, mais ne bougea pas.

— Qu'est-ce qu'il y a ? demanda-t-il, voyant qu'elle le regardait curieusement.

— C'est vrai que tout le monde te connaît ?

— Bof, si on veut.

Sans trop qu'il sache pourquoi, son cœur se serra. La chaleur de cette petite main, la confiance de cette enfant… Finalement, il avait sans doute eu tort de venir ici, dans cette pension familiale, après ce que Tanya lui avait fait subir.

En réalité, il n'avait pas eu le choix.

Il prit la petite dans ses bras et l'assit sur le comptoir de la cuisine.

— Tu veux quoi ?

— Ça !

Elle désigna un pain au chocolat.

— Tu as raison, dit-il en le lui donnant. Maintenant, on va aller…

Il se retourna.

— Oh ! Bree…

Elle se trouvait à l'entrée de la cuisine.

— J'ai oublié de vous demander si vous vouliez quelque chose pour midi. Ça vous éviterait d'aller à toute allure acheter de quoi manger.

Elle regarda l'enfant.

— Dis donc, tu es debout tôt, petite demoiselle.

— Ses parents sont malades. Une gastro-entérite, on

dirait. Justement, je m'apprêtais à aller les voir et à la leur ramener.

— Je serais vous, je resterais ici avec elle. Si elle se sent bien, autant qu'elle n'aille pas traîner avec ses parents. Je vais aller les voir.

— Je croyais que vous aviez… *quelque chose de prévu* ?

— Oui, mais je vais faire vite. Les clients n'arrivent guère avant 8 heures.

Et elle disparut. Il prit la petite fille dans ses bras et la reposa à terre.

— Dis-moi, Becca, quel âge as-tu ?

— Cinq ans.

— Et qu'est-ce qui te ferait plaisir pour ton petit déjeuner ?

Il n'avait aucune compétence en matière d'enfant, pour ne s'être jamais intéressé à eux. Mais cette petite Becca était vraiment mignonne.

— Des saucisses. Et un œuf avec des mouillettes.

— OK, on va voir ça.

Déjà Bree revenait.

— Alors ? demanda-t-il.

— Ils sont vraiment mal fichus. Tu sais, Becca, papa et maman ne sont pas contents, parce que tu es partie sans leur dire.

— Je voulais pas les réveiller.

— Ne recommence pas. Bien, je vais voir ce que j'ai comme médicaments. Les pauvres ! Ça va gâcher leurs vacances. Je pense qu'il faudrait leur donner une seconde chambre, ils seraient plus à l'aise, celle qui est à côté de la leur par exemple. Ce serait plus commode. Deux chambres, deux toilettes…

— OK, je m'en occupe.

— Ça va aller ?

— Pas de problème.

Ils échangèrent un regard, toujours aussi indéfinissable chez lui.

— Oncle Theo, je peux avoir une autre saucisse ?

— Au moins tu n'as pas perdu l'appétit. Ça fera ça de moins à la poubelle. Tant pis pour le pique-nique.

— Je le mangerai, dit Theo.

— C'est vrai ?

— Oui, pourquoi, cela pose un problème ? Je payerai.

— Évidemment que non, dit-elle. Bien, on se revoit vers 10 heures. Plus tôt, si je peux. Je vous confie Becca.

Un petit signe de la main, et elle sortit.

Une pension à gérer, une société de plusieurs milliards à diriger, une entreprise en difficulté à redresser, cela ne lui posait pas de problème. Mais une gamine de cinq ans…

Comment allait-il s'en sortir ?

# 4.

Il était midi passé quand Bree réapparut. La presse était toujours là, dehors, véritable horde attendant un scoop, et les touristes avaient afflué. Mais personne ne lui tirerait une confidence. Pas un mot.

Le rire de Becca l'attira tout droit au bar.

En partant, la vision de Theo avec la petite fille l'avait émue. Il était très différent de l'image que le monde avait de lui. Et c'était ce Theo-là, le Theo mal connu, qui lui plaisait.

Becca dessinait, et il était assis à côté d'elle.

— Les oreilles de l'ours sont trop petites, fit Becca, mécontente.

— Pas de problème, on va les agrandir.

Alerté par un bruit venant de la porte, il se retourna.

— Bree… Ah ! déjà !

Troublée de le voir jouer avec la petite fille, elle marqua une pause.

— Vous vous amusez bien, on dirait ! Je suis désolée, ça m'a pris plus de temps que prévu. Ça s'est bien passé ?

— Très bien, mais vous n'avez pas à vous excuser.

C'était étrange de le voir là, tellement à son aise, un crayon de couleur à la main, exactement comme s'il avait été chez lui. Il était décoiffé et n'avait plus ces faux airs de top model mais l'allure toute simple d'un père.

Le naturel lui allait tellement mieux…

— Je ne vais pas pouvoir m'attarder. La boulangerie a besoin de moi. Il y a un monde fou. Avec tous ces journalistes… Et ces touristes…

— Normal ! Parce que je suis là !

— C'est ça, la célébrité ! fit-elle, légère.

Mais son visage s'assombrit.

— Tout va comme vous voulez ? demanda-t-elle.

Un battement de cils et il retrouva son air habituel.

— Oui, on s'amuse bien, n'est-ce pas, la miss ?

— Oui, j'apprends à oncle Theo à dessiner. Il dessine bien.

— Oh ! pas trop de compliments, dit Bree, il a déjà un ego bien en forme.

— C'est quoi, un ego ? demanda Becca.

— Je t'expliquerai, mais tu verras, ça n'est pas passionnant.

*On s'amuse bien.* Cela ne répondait pas à sa question. Elle s'inquiétait de savoir si *lui* allait bien, et il le savait.

Elle se força à sourire et chercha son regard. Ses pensées étaient toutes tournées vers lui, vers cet homme qui la fixait de ses yeux bleus et brillants dans lesquels, soudain, elle crut percevoir un peu de tendresse.

Mais elle n'était pas son genre. Non contente de le lui dire, sa charmante tante lui avait mis des magazines sous le nez. On l'y voyait papillonnant au milieu de beautés, toutes les mêmes, avec lesquelles elle n'avait – sa tante avait raison – rien à voir. Il les aimait hyper sophistiquées, des lianes blondes aux jambes sans fin et au sourire éternellement plaqué sur des lèvres repulpées. Effectivement, ce n'était pas elle.

Et pourtant… Son regard… Cette espèce de fièvre, parfois… Et cette façon d'entrouvrir la bouche… Et son insistance à chercher et à soutenir son regard…

Décidément, sa tante n'avait pas tort. À peine le voyait-elle qu'elle ne vivait plus. Cet homme représentait un vrai danger. Sans doute parce qu'elle était en manque. Pas seule mais en manque. Débordante de désir, Leon l'avait dit.

Personne ne pouvait être seul à Elmdale. C'était comme une grande famille, et elle en faisait partie, désormais. Elle était heureuse. Satisfaite de sa vie. Du moins l'était-elle jusqu'à ce que Theo mette le feu à une libido endormie, jusqu'à ce qu'il la ressuscite.

Elle remplit la bouilloire et sentit de la chaleur derrière elle. C'était lui.

— Alors, comme ça, j'ai un ego surdimensionné ? Je serais tenté de dire que j'ai plutôt de l'assurance.

— C'est la même chose, non ?

— Pas du tout.

Il passa devant elle et s'approcha, tout près.

— L'ego, c'est quand on est centré sur soi-même. Qu'on cherche l'approbation à tout prix, la reconnaissance. Qu'on veut avoir raison en toute circonstance.

Elle entrouvrit la bouche, cherchant plus d'air. Elle se sentait nerveuse, respirait mal.

— Et vous n'êtes rien de tout ça !

— Non.

Net et catégorique.

Il était presque contre elle, maintenant, et la dominait de sa taille de géant. Et ses yeux bleus, son parfum… L'odeur était délicieuse.

Elle empoigna le rebord du comptoir derrière son dos pour ne pas être tentée de le toucher.

— Je suis sûr de moi. Je sais que je sais faire des choses et que je les fais bien… et j'ai de bonnes raisons de le penser.

— Bien sûr.

Elle battit des paupières, pencha la tête de côté.

— Je suis sûre que les femmes n'hésitent pas à vous

dire que vous êtes le plus beau et le meilleur, histoire de vous conquérir.

— Vous me provoquez, maintenant ?

— *Moi* ? Je ne me le permettrais pas !

Ses yeux lançaient des éclairs, il avait les joues rouges et il était tendu, une tension de tout le corps, presque palpable. Il essayait de se contrôler, mais il était clair qu'il la désirait. La désirait vraiment.

— Il faudrait me prouver…

Elle reprit son souffle.

— Me montrer combien vous êtes formidable et, en retour, je promets de vous dire ce que j'en pense vraiment.

— Vous savez que vous m'intriguez, Bree.

— Vous avez beaucoup de lieux communs comme ça en réserve ?

Il hocha la tête, ses lèvres étaient tout près des siennes désormais.

— Je dis ce que je pense, Bree. Et si je dis que vous m'intriguez, c'est la vérité.

Il avait posé les mains sur le comptoir, de chaque côté des hanches de Bree, si près qu'il déclenchait, malgré lui, des décharges électriques qui la faisaient frissonner.

Elle se passa la langue sur les lèvres.

— Vous m'embrasseriez ?

— Pire que ça !

— Qu'est-ce que vous attendez, alors ?

Son regard changea, se voila. Il ouvrit la bouche, et elle crut qu'il…

Mais, au lieu du baiser espéré, elle le vit sourire, narquois.

— Nous ne sommes pas seuls.

— Pour l'instant, si.

— Peut-être. Mais je sais que, si je commence, rien ne m'arrêtera. Rien ni personne.

— Plus tard, alors ?

Elle vit sa pomme d'Adam monter et descendre, son regard s'assombrir. Mais il ne bougea pas, ne répondit pas, resta très droit, comme s'il se raidissait de crainte de succomber et de…

Et la bouilloire siffla.

— Sauvé par la bouilloire, dit-il dans un souffle.

Non, il n'était pas sauvé. Elle n'oublierait pas la promesse qu'elle avait lue dans ses yeux.

Elle se retourna et s'éloigna, le frôlant au passage.

— Vous avez le temps de déjeuner avec nous ? demanda-t-il.

D'un geste de la main, il montra le panier du pique-nique.

— Il déborde. Comme mon ego !

Elle éclata de rire. Au moins, il ne manquait pas d'humour.

— J'ai à peine le temps de boire un thé. Je dois partir.

— Mais, ce soir, à dîner, ici ? Je préparerai quelque chose.

— Je croyais que vous aviez des invités.

— Mon invitée a cinq ans et elle aura déjà dîné.

Il la regardait étrangement, comme s'il se disait qu'il faisait une bêtise en l'invitant, mais il ne se rétracta pas.

Elle hésitait. Son bon sens lui disait qu'elle aurait tort d'accepter. Que tante Clara avait peut-être raison. Mais tant pis. Après trois années d'abstinence, elle n'avait qu'une envie, revivre, avec un homme qui tiendrait ses promesses.

Elle lui sourit.

— OK, j'apporte le dessert.

*« J'apporte le dessert. »*

Theo soupira. La réponse de Bree avait tourné en boucle dans sa tête tout au long de la journée. Même les messages de Tanya n'étaient pas parvenus à le distraire de son obsession. Il savait de quel dessert il avait envie, et ce n'était pas un gâteau. Il valait mieux qu'il se calme, mais c'était impossible, il rêvait d'elle non-stop.

Elle était différente, gentille, pleine d'attentions, avec un corps à damner un saint. Les femmes qu'il côtoyait d'habitude n'aspiraient qu'à une chose, profiter de sa fortune, de sa célébrité et, en prime, de son physique.

Il se savait séduisant – ce n'était pas son ego qui parlait, c'était un fait. Il se donnait du mal pour rester en forme et soigner son apparence. Ce n'était pas gratuit. Cela lui coûtait du sang, de la sueur et des larmes. Et, si certains le taxaient de *sex symbol*, il s'en fichait. Pour lui, il n'y avait rien de sérieux dans la vie. Les femmes avec qui il sortait étaient prévenues, il ne les prenait pas au dépourvu.

Tanya avait tout accepté, et elle avait menti pour l'obtenir.

Il n'était pas venu à Elmdale pour s'amuser en joyeuse compagnie mais pour aider son frère. Et accessoirement pour se vider la tête. Surtout pas pour avoir une aventure avec la meilleure amie de Flick qui, après tout, était peut-être comme Tanya.

Il posa les bougeoirs sur la table et alluma les bougies.

— C'est joli, dit Becca.

— Tu crois que ça lui plaira ?

Becca bâilla à se fendre la bouche.

— Je crois que tu as sommeil. Je vais te lire une histoire, et on va monter. Dodo.

Au bout de quatre pages, Becca dormait déjà. Il se pencha pour l'embrasser et se surprit à aimer cet instant. C'était tendre et apaisant. Il n'avait jamais éprouvé ce sentiment de bonheur tout simple. Il ignorait même que cela pouvait exister.

— Elle dort ?

Il se retourna. Bree était sur le pas de la porte.

— Je crois que je l'ai épuisée.

Il était gêné d'avoir été surpris dans ce qu'il considérait

comme un moment de faiblesse. S'émouvoir devant une enfant endormie, ce n'était pas viril. Ce n'était pas lui, ça !

— Vous devez être épuisé, vous aussi.

Souriante, charmante, elle avança vers lui sur la pointe des pieds.

— Attendez, je vais vous aider à la monter. Je passe devant. Où dort-elle ?

— Avec sa mère dans la chambre à côté de la pièce principale.

L'enfant dans les bras, il suivit Bree. Les cheveux de cette dernière se balançaient d'une épaule à l'autre. Sa taille fine, ses hanches… Il n'y avait pas une once de vulgarité dans son déhanchement, juste une souplesse prometteuse.

Il essaya de ne pas la regarder, mais c'était trop tentant et, immanquablement, son corps réagit.

Bree frappa à la porte et l'entrouvrit doucement.

— On vient mettre Becca au lit.

Elle se tourna vers Theo et tendit les bras.

— Donnez-la-moi, je vais la coucher. Pendant ce temps, allez vous rafraîchir, dit-elle.

Avait-il l'air si fripé ?

Elle était fraîche, pimpante même, alors qu'elle avait eu, il le savait, une journée de folie due au désordre provoqué par sa présence.

Il alla donc faire un brin de toilette dans la salle de bains. Une traînée de parfum, une chemise propre et hop ! il était comme neuf. Enfin, presque. Pour la ixième fois, il tenta de faire tenir la mèche rebelle qui s'obstinait à lui tomber dans l'œil. Finalement, il abandonna. Cela irait comme ça ! S'il ne se pressait pas, les lasagnes qu'il avait préparées ne seraient pas réchauffées.

Mais pourquoi se mettait-il dans un état pareil ?

Il prit son téléphone et s'arrêta. Non, il n'allait faire

signe à personne. Pas d'intrus. Personne d'autre, juste Bree et lui.

Un rire nerveux lui échappa. Décidément, il n'était pas dans son état normal. Il sortait avec de nombreuses femmes, mais ne réagissait jamais de cette façon brouillonne. Si ce n'est qu'il ne « sortait » pas avec Bree. Ce n'était pas une petite amie, encore moins une maîtresse.

Qu'était-elle pour lui, alors ?

# 5.

— Ça sent bon, ici !

Bree entra dans la cuisine où Theo Dubois s'affairait avec la ferme intention de garder la tête froide. Pourquoi cet homme la troublait-il ? C'était invivable.

Si quelqu'un, sur cette terre, avait un super-pouvoir, c'était lui. Cette pensée la fit éclater de rire, et son rire le fit se retourner.

— Quelque chose de drôle ?

Elle lui adressa son plus beau sourire.

— Non, rien du tout. Je peux aider ?

— Allez vous asseoir au bar. Tout est prêt, j'arrive. J'ai sorti un vin rouge. Ça vous ira ?

— Ce sera parfait.

C'était facile d'oublier qui il était quand elle le voyait comme ça, dans une cuisine, en train de se démener pour un plat de lasagnes. Il redevenait un homme normal, sans chichis, qu'elle pouvait imaginer en petit ami…

— OK, j'y vais.

Elle quitta la cuisine, faisant claquer ses talons hauts sur le sol.

Il avait mis un couvert pour deux devant la cheminée où crépitait un feu de bois. C'était romantique à souhait. Un vrai dîner en amoureux.

Encouragée par le décor mis en place avec soin, elle se versa un premier verre de vin. But. Et s'en servit un autre.

Cinq ans plus tôt, elle aurait plongé tête la première dans ce dîner – et son inévitable prolongement –, en se fichant éperdument du lendemain. Mais cela, c'était l'époque Leon, à Londres, où, fofolle qu'elle était, elle se permettait tout.

Aujourd'hui, elle n'était plus la même. Leon l'avait changée. Elmdale l'avait changée. Qui était la vraie Bree aujourd'hui ? La Bree authentique ? Mlle Méfiante ou Mlle Fofolle ?

La première était du genre à fuir pour éviter une peine de cœur. La seconde était prête à jeter son bonnet par-dessus les moulins et à satisfaire ses pulsions.

— J'espère que ça va aller, dit Theo, qui arrivait avec son plat.

— Si j'en juge par l'odeur, ce sera délicieux.

Il posa le plat entre eux, commença à servir, déposa l'assiette de Bree devant elle.

— Prenez de la salade, si vous en voulez.

Elle leva son verre.

— Au chef !

Il sourit. Les bougies adoucissaient les traits anguleux de son visage. Des paillettes d'or brillaient dans ses yeux bleus.

— À la jolie boulangère qui fait les meilleurs croissants du monde !

— C'est ma tante qu'il faut féliciter.

— Peu importe. Pour moi, c'est vous, dit-il, plaquant la main sur son cœur.

Que voulait-il dire ? Et pourquoi frissonnait-elle subitement ? Était-ce sa façon de la regarder ? Ce sourire angélique ? Irrésistible…

— La presse a raison sur un point, fit-elle.

— Ah ? Lequel ?

Il leva son verre et commença à boire.

— Avec votre charme, vous seriez capable de faire se défroquer tout un couvent de religieuses !

Avalant de travers, il faillit s'étouffer.

— Les journaux écrivent ça ?

— Oui, enfin, pas la chute. C'est moi qui rajoute l'histoire du couvent.

Il pouffa de rire.

— Vous surestimez mon pouvoir de persuasion, Bree.

Leurs regards s'accrochèrent, un courant passa. L'air parut se raréfier. Elle retint son souffle.

— Quoi qu'il en soit, il n'y a qu'une sorte de femmes qui m'intéressent pour l'instant, et elles ne portent pas de voile.

Ce qu'elle interpréta comme un compliment déguisé lui fit chaud au cœur.

— Mangeons avant que ce soit froid, dit-il, changeant vite de sujet.

Comme gênés, ne regardant plus que le contenu de leur assiette, ils commencèrent.

— Vous aimez ? demanda-t-il, osant à peine lever les yeux.

— J'adore.

— Content de savoir que je n'ai pas perdu la main.

Il sourit, mais elle crut percevoir une certaine mélancolie.

— Votre mère avait une bonne recette.

Le sourire s'évanouit totalement.

— Elle cuisinait bien.

Silence.

— Elle est morte il y a quelques années.

— Oh ! pardon, je suis désolée !

Elle allongea le bras sur la nappe, vers sa main, mais ne la prit pas.

— Que s'est-il passé ?

— Un cancer.

— Je préfère ne pas penser au jour où je n'aurai plus mes parents. Ils vivent en Écosse, je ne les vois pas aussi souvent que j'aimerais. Heureusement, il y a le téléphone…

Elle lui sourit.

— Je suis triste pour vous.

— C'est comme ça. Avec Sebastian, nous avons tout fait pour essayer de la sauver mais…

Songeur, il regarda son verre et le fit tourner dans sa main, lentement.

— … mais, reprit-il, elle ne nous avait pas dit qu'elle était malade depuis longtemps. Elle ne l'avait dit à personne. Quand on l'a su, c'était trop tard, il n'y avait plus rien à faire.

Il se reprochait manifestement que leur mère ne se soit pas confiée à eux.

— J'imagine qu'elle ne voulait pas vous inquiéter.

— Sans doute, mais en s'interdisant de nous inquiéter elle ne nous a pas permis de la sauver.

Elle se pencha vers lui et posa la main sur la sienne.

— Vous avez été là pour elle. Elle a fait ce qu'elle a voulu, c'était son choix. Vous n'avez rien à vous reprocher.

Il soupira.

— Je n'ai jamais vu ça comme ça. Enfin… Je ne sais pas pourquoi je vous en parle. Pardon de vous ennuyer.

— Ne vous excusez pas. Je vous en prie. Je suis heureuse au contraire que vous vous soyez un peu libéré. Cela fait du bien.

— Bree…

La tête penchée sur le côté, il la dévorait des yeux.

— Vous êtes incroyable.

— « Je suis incroyable. » « Je suis une énigme… » Non, ce que vous avez dit, c'est que je vous « intrigue ». J'accepte les compliments, fit-elle en riant pour détendre l'atmosphère. Quoi d'autre ? Je suis quoi, encore ?

— Si je dis « intelligente », ça vous plaît ?

— Allez, on arrête là.

— Ah non ! Et moi ? Je suis quoi ?

— Vous, Theo Dubois, si on creuse un peu, vous n'êtes pas qu'un beau gosse. Vous êtes beau tout court, eh oui ! Vous êtes un excellent cuisinier, mais je doute que vous fassiez souvent la cuisine, je me trompe ?

— Non, hélas ! J'adorerais le faire plus souvent, mais ma vie professionnelle et ma vie sociale m'en empêchent.

— À ce point ? Vous n'êtes pas lassé d'être dehors tous les soirs ?

— C'est comme ça.

Elle réfléchit.

— Vous n'avez jamais envie de faire une pause ?

Il ricana.

— Je comprends, dit-il. C'est ça, vous êtes ici plutôt qu'à Londres parce que vous êtes venue vous mettre au calme.

— Nous avons tous les deux vécu à Londres, mais nos vies ne sont pas comparables, monsieur Dubois. Je ne suis pas la célibataire milliardaire la plus sexy du monde ! Je ne suis que Bree.

— Si vous voulez. Mais vous êtes une bouffée d'air frais et, quel que soit le motif de votre présence à Elmdale, je suis heureux que vous soyez là.

Les battements de son cœur redoublèrent. Elle plaqua la main sur sa poitrine dans l'espoir de les calmer.

— C'est pas si mal ici, vous savez… À Elmdale.

— Je sais. Je vais vous confier un petit secret, Bree Johansson. J'aime Elmdale et je suis heureux d'être là. J'aime ses paysages, sa tranquillité – à part ces reporters, mais c'est ponctuel. Et j'aime ses habitants.

— Même s'ils menacent de vous mettre dehors à coups de fourche ?

Il rit.

— Non, bien sûr. Mais, vous savez, ce que j'aime ici c'est me dépenser physiquement, faire des travaux manuels, réparer des machines, travailler de mes mains. Vous voyez ? Me sentir utile. C'est dans ces moments-là que je me sens bien.

— On ne devient pas milliardaire par hasard. Vous devez beaucoup travailler.

— Vous savez, Bree, à mon niveau, on ne fait rien, on fait travailler les autres.

— C'est pour cela que vous êtes ici et que vous pouvez aider Flick. Parce que vous avez le temps.

— C'est surtout Sebastian qui aide Flick. Je ne suis que son assistant. Je dois beaucoup à mon frère.

Il hocha la tête. Sa mèche blonde retomba sur ses yeux bleus. Il était vraiment beau. Il devait prendre soin de son apparence pour offrir en permanence cette image.

— Ça ne vous fatigue pas, d'être tout le temps en représentation ?

Il fronça les sourcils. Elle avait eu tort de poser cette question, qui ne lui plaisait manifestement pas.

Espérant atténuer l'effet de sa remarque, elle reprit :

— Vous en avez sans doute l'habitude, vous devez faire ça depuis toujours ! Ce n'est pas épuisant, à la longue, de projeter une image de soi qui ne correspond pas à ce qu'on est réellement ?

Il écarquilla les yeux.

— Vous ne devez plus savoir qui vous êtes, insista-t-elle.

— Pourquoi croyez-vous que je suis ici ?

Le ton était grave. Son visage, sérieux. Elle en avait trop dit.

Ils échangèrent un regard plein d'interrogations. Il se redressa sur sa chaise, la fixant droit dans les yeux.

— S'il vous plaît, Bree, ne me prêtez aucune attention. Ignorez-moi. Je n'ai pas de raison de vous faire partager mes problèmes. Je n'en ai pas le droit. Je ne sais pas ce qui me prend. Je suis conscient que vous avez beaucoup de chance de…

— Mais… je ne veux pas vous ignorer. Je veux connaître le vrai vous.

— Non, Bree, répondit-il d'une voix posée. Vous connaissez ma réputation.

— Je sais ce qu'on dit de vous dans les journaux, mais je veux l'entendre de votre bouche.

— Quoi ? Que je suis une blague ?

Il l'était, le serait toujours. C'était ce que Tanya lui avait lancé à la figure. C'était ce qu'il pensait de lui.

— Si vous croyez que c'est ce qui me définit le mieux…

Elle le regardait avec tendresse, dans la lumière douce des bougies. Mais ce regard ne l'intéressait pas. Ce qu'il voulait c'était son excitation, flirter, s'amuser.

— De toute façon, peu importe. Je ne suis pas sérieux et je le revendique.

Elle porta des lasagnes à sa bouche sans le quitter des yeux.

— Pourquoi me dites-vous ça ? Pour me mettre en garde ou par simple franchise ?

Sourire narquois. Elle n'y allait pas par quatre chemins, la belle ! Elle ne tournait pas autour du pot. *Droit au but* devait être sa devise.

— Les deux.

Elle eut envie de rire. Ses yeux frisaient, elle était plus désirable que jamais.

L'embrasser, il brûlait d'envie de l'embrasser. Parce qu'elle était si directe, pour savourer ses lèvres pulpeuses comme des cerises. Il voulait laisser ses mains courir sur sa peau, sur les courbes de son corps. Et obtenir beaucoup plus qu'un sourire amusé sur sa jolie bouche.

— Vous ne dites rien, j'en conclus que vous confirmez.

Elle se passa la langue sur les lèvres, but un peu de vin et ramena une mèche sur une épaule.

— Au fait, vous avez quel âge ? demanda-t-elle.

— Pourquoi ?

— Je cherche à cerner qui vous êtes. À composer le puzzle. L'âge, c'est pas mal pour commencer.

Il haussa les épaules.

— Si j'étais vous, je ne me donnerais pas ce mal. Je ne suis pas sûr que vous aimerez ce que vous trouverez.

— Pour quelqu'un que les médias encensent, vous avez une piètre opinion de vous ! À l'inverse, moi, je m'aime bien ! Je crois que je suis gentille, attentive aux autres… Non, j'ai un défaut, un amour immodéré pour le fromage. À part ça… Et vous ? Qu'est-ce que vous aimez chez vous ?

— Je suis doué pour les affaires.

— Et… ?

— On en a déjà parlé, je n'ai reçu aucune plainte sur mes performances au lit.

Il plaisantait, elle n'était pas sur ce terrain-là. Elle n'allait pas lui ficher la paix, c'était écrit sur son visage.

Il fit tourner son vin dans son verre en évitant son regard. Son passé récent venait de resurgir et lui trottait dans la tête. Tanya et son mensonge, et son cortège de désastres.

— Quoi d'autre ? Vous voulez que je vous aide ? Il n'y a rien dans votre vie dont vous soyez fier ? Avec votre frère vous avez créé un fonds de solidarité pour les laissés-pour-compte, non ?

— Mademoiselle Johansson, vous avez consulté Google, je ne me trompe pas, cette fois.

Elle piqua un fard.

— Oui, rapidement, cet après-midi. Je voulais être sûre que je pouvais dîner avec vous ! Après tout, je ne vous connaissais pas, pas vraiment !

— Et qu'avez-vous découvert d'autre ?

— Que vous avez, aussi, ouvert des centres d'accueil pour femmes battues. Et que c'est pour lever des fonds que vous présidiez le fameux gala à Paris, l'autre soir. À ce propos, je me suis étonnée que vous vous intéressiez tellement à ce sujet.

Une nouvelle fois, son regard s'assombrit.

— Vous avez une idée de ce qu'a été mon enfance ?

— Comment voulez-vous ? Je sais seulement qu'il y a eu des drames successifs dans votre famille. Votre grand-mère, votre père… Ça a dû être difficile pour vous.

Elle compatissait, cela se voyait à son regard, mais rien ni personne ne dissiperait jamais le froid qui le glaçait intérieurement.

— Pas pour les raisons que vous imaginez. Mon grand-père n'était pas un homme bon. Mon père non plus. Mais cela, nous ne l'avons compris que longtemps après son décès. Il dialoguait avec les poings… Mon grand-père, avec sa canne. Chacun sa méthode !

Il eut un rire qui la glaça. Il souffrait encore.

Songeur, triste, il se tourna vers la fenêtre. L'horreur de cette nuit-là ne lui laisserait pas de répit.

— Mon père frappait ma mère. Portes fermées, bien entendu. Nous ne l'avons su qu'après… Il avait été mon idole. Je l'admirais. Quand il est mort, j'ai dérapé, franchi la ligne rouge… Annie, mon frère, ma mère, ils ont tous essayé de me remettre sur les rails, mais je n'en faisais qu'à ma tête. Une nuit je suis rentré tard, alors que j'avais la permission de 10 heures. Mon grand-père avait déjà menacé de nous envoyer en pension, loin de notre mère, mais ce soir-là, comme je suis arrivé en retard, il a piqué une colère terrible. Il a voulu me frapper avec sa canne ; maman s'est interposée, et c'est elle qui a pris les coups. Elle est tombée, elle saignait, c'était horrible. Sebastian, en rage, est sorti de ses gonds. Il a voulu nous défendre et il a cogné… notre grand-père. Un mauvais coup. Mais il ne l'avait pas volé. Sebastian s'en veut. Il s'en veut d'autant plus qu'il a appris les conséquences de ce qui s'est passé cette nuit-là.

— Vous voulez dire Angel ? Angel qui a grandi sans son père ?

Il opina.

— C'est moi qui ai déclenché ce drame. Sans moi, Sebastian et Flick n'auraient pas rompu, Angel aurait tout de suite connu son père, et mon frère n'aurait pas raté les seize premières années de la vie de sa fille. Oui, tout ça à cause de moi.

La confession, pour douloureuse qu'elle était, lui fit du bien.

— C'est la raison pour laquelle vous vous sentez redevable envers lui ?

— Oui et non. Les dégâts que j'ai occasionnés sont irréversibles.

— Mais ce n'est pas votre faute, Theo. Si ça ne s'était pas produit cette nuit-là, ça serait arrivé une autre fois. Vous dites que votre grand-père était invivable. Qu'il vous rendait la vie impossible.

— C'est vrai.

— Et entre nous, si Sebastian l'avait vraiment voulu, il aurait pu retrouver Felicity. D'accord, il ignorait qu'elle était enceinte, mais s'il l'avait tellement aimée il serait revenu.

Lui-même y avait pensé, bien sûr, mais cette nuit-là avait laissé des traces. Sebastian, l'étudiant modèle, avait été brisé. Anéanti par ce qu'il avait fait. Horrifié de ne pas avoir su se contrôler.

— Il n'a pas voulu que Flick voie sa face sombre. Que notre mère et moi en ayons été témoins l'avait déjà profondément blessé.

Il soupira.

— Ce n'était pas simple. Dès le début, mon grand-père a eu une obsession, nous enlever à notre mère, si possible pour de bon. La menace planait en permanence, et nous savions qu'il attendait le bon moment pour la mettre à exécution. Nous vivions dans la terreur. Avec son réseau d'amis puissants, il pouvait faire ce qu'il voulait. Bref… Ensuite, notre vie a changé. Et nous aussi.

Ce n'était qu'une partie de la vérité, mais il en avait déjà dit beaucoup. Il préférait garder la dépression de son frère pour lui. Maintenant que Sebastian avait rejoint Flick et leur fille, il allait nettement mieux et avait recommencé à vivre, s'efforçant d'enterrer le passé.

— Mais pourquoi avez-vous changé de nom ? À cause de ça ?

*Ouf !* Elle ne cherchait pas à en savoir plus sur son frère, ni sur la raison de son retour tardif.

— Oui. Nous sommes partis pour la France où nous avons été recueillis par une amie de ma mère. Elle tenait un *bed & breakfast* en banlieue parisienne. Sans elle, je ne sais pas ce que nous serions devenus.

— Votre décision de créer des maisons d'accueil vient de là ?

— Exactement. Ça a été une idée de mon frère.

— Vous y avez contribué. Vous pouvez en être fier.

— Fier ?

Il pouffa de rire.

— Vous tenez absolument à ce que je sois fier de quelque chose ! À me faire dire que je suis un type bien !

Nouvel éclat de rire.

— Je suis un dragueur, un coureur, un séducteur. Je collectionne les conquêtes. C'est raconté partout. C'est ça, un type recommandable ?

— Dites ce que vous voulez, vous ne m'impressionnez pas.

Il hocha la tête.

— Soyons sérieux une minute, reprit-elle. C'est comme ça que vous vous voyez dans cinq, dix ans ? Vieux garçon et heureux ?

Une moue désabusée remplaça son sourire.

Deux semaines auparavant, il était prêt à s'engager dans une vie « classique » avec femme et enfant. C'était nouveau chez lui. Jamais encore il ne s'était aventuré – n'avait osé s'aventurer – sur ce terrain-là. Puis le sort, du moins l'avait-il cru, en avait décidé autrement.

En fait, Tanya avait menti. Honteusement menti. Et tout ce en quoi il avait cru, tout l'avenir qu'il s'était imaginé s'était écroulé. C'était une chose de ne pas vouloir être père, une autre qu'on la lui impose. Mais, après qu'il avait accepté et même assez vite désiré cette paternité, la perspective s'était écroulée. La grossesse n'était que pur mensonge.

Et lui ne savait plus où finissait le faux Theo et où commençait le vrai.

Pour l'heure, la seule chose tangible et digne de confiance, c'était Bree.

Mais – à condition de ne pas l'avoir déjà effrayée par ses frasques – accepterait-elle une aventure sans lendemain avec lui ?

Pas de promesse. Pas d'engagement.

Seulement ce qui était.

# 6.

Plus Theo mettait de temps à répondre, plus Bree regrettait sa question. Elle s'apprêtait à passer à autre chose quand il se décida.

— En ce qui concerne ma vie privée, je ne fais jamais de projet. Au pied du mur, j'improvise. En affaires, c'est différent, j'aime savoir où je vais, c'est indispensable.

— Intéressant. Excitant, même.

— Très franchement, ça n'a pas l'air de vous exciter.

— Si, pourtant.

L'idée d'être libre – malgré tante Clara qui lui rappelait sans cesse son âge –, de ne pas s'inquiéter du futur, de son horloge biologique, de tout ce qui encombrait sa vie, quel bonheur !

— Votre choix s'entend. Tant que les femmes que vous voyez sont d'accord, où est le problème ?

— Il n'y a pas de problème.

— Nous sommes d'accord.

Il la regarda l'air interrogateur.

— D'accord ?

— Oui. Ce qu'il y a entre nous est ponctuel, le temps de votre présence à Elmdale.

Elle laissa échapper un petit rire nerveux. Elle était peut-être allée trop loin. Elle s'était peut-être trompée sur ses intentions. Pourtant, le courant, le désir qu'elle avait surpris dans son regard… Non, elle ne les avait pas imaginés. C'était réel.

— Il faut que vous le sachiez, je suis une femme de mon temps. Une femme moderne qui n'a pas besoin d'homme pour l'entretenir. Perso, je ne cherche personne. Je ne suis pas pour autant une foldingue qui se vautre dans le sexe et ne vit que pour ça.

Il se cala dans son siège.

— Ah, je vois ! La douce et aimante Bree a une haute opinion de l'amour.

Elle fit la moue. Son estomac se tordit. Elle avait fait fausse route une fois, elle n'était pas près de recommencer. Dorénavant, elle se méfiait.

— Je ne dis pas ça. Quelquefois, dans certaines circonstances et avec certaines personnes…

— OK, compris. Vous ne cherchez pas un partenaire pour la vie, moi non plus. Ça tombe bien. En ce cas, vous savez ce que je dirais de cette soirée ?

— Que tout est parfait. Et je bois à cette soirée.

Elle leva son verre.

Ah, ce sourire ! Mortel ! Et ces yeux qui brillaient, et cette mâchoire carrée, tellement virile, et cette pomme d'Adam, qui allait et venait quand il buvait.

Ses doigts commencèrent à la démanger. Elle avait envie de toucher, de caresser ses lèvres, de les embrasser. Quel meilleur dessert pour finir un repas ?

Elle reposa son verre. Theo se taisait. Vite, tromper le silence qui planait entre eux… Parler, dire quelque chose, n'importe quoi mais changer de sujet.

— Votre frère… Que pensez-vous de la situation ?

— Que tout ira bien pour eux. Mon frère fera tout ce qu'il faut pour cela. Les journalistes ne m'ont pas épargné, mais je ne les laisserai pas faire de mal à Sebastian en le comparant à notre grand-père, comme ils ont commencé à le faire.

— Ça doit vous blesser.

— Mon grand-père est mort, mais il a laissé des traces, et ça fait mal. Sebastian n'est pas armé comme moi pour se défendre. Il s'est terré toute sa vie et, maintenant, à peine sorti de sa cachette, il apprend qu'il a une fille. Vous imaginez la presse quand elle l'apprendra à son tour…

— Je ne suis pas inquiète pour Felicity et Angel. Elles sont fortes, et Sebastian les protégera. Et vous êtes à ses côtés.

— C'est juste.

— Alors vous comptez rester ici un certain temps ?

— Aussi longtemps qu'on aura besoin de moi.

— Et ensuite vous retournerez à Paris ?

— Sans doute. Et vous ? Des projets de retour dans la grande ville ? Vous êtes… déplacée, ici.

— Ah ?

— Comment dire ? Vous sortez du lot.

La remarque l'amusa.

— Vous êtes tellement brillante, tellement dynamique. Et vous êtes belle, vous avez de l'allure. Bref, je vous vois plus en ville.

— Je dois prendre ça pour un compliment ?

— Oui.

— Quel charmeur vous êtes ! Vous en faites des tonnes ! Trop, même…

Elle n'était pas habituée à ce qu'on lui fasse du gringue. Et surtout pas de cette façon. Au début, avec Leon, les compliments étaient rares. Les accepter était un signe de faiblesse dont il profitait ensuite.

— Quand j'étais plus jeune, c'était une arme pour compenser mes mauvaises manières, dit Theo. Aujourd'hui, ça me vient naturellement. C'est comme une seconde nature.

— Et voyez où cela vous a mené ! Troisième sur la liste des hommes les plus séduisants du monde.

Il éclata d'un rire contagieux.

— Cela ne me dit pas, fit-il en retrouvant son sérieux, pourquoi vous ne voulez pas repartir pour Londres.

Elle aurait dû se douter qu'il ne la laisserait pas tranquille. Elle ne voulait plus habiter là-bas, mais elle n'avait pas honte de ce qu'elle y avait vécu. Ces années-là avaient fait d'elle la femme qu'elle était devenue, et elle avait appris de ses erreurs. Elle savait maintenant qui croire et quand passer son chemin. Pour l'heure, mieux valait qu'elle passe son chemin…

— J'avais fait mon temps là-bas. J'étais prête à m'en aller quand ma famille a eu besoin d'aide. Ça tombait bien. Avoir un but m'a plu, je suis venue et ne suis plus repartie. Je m'oublie dans le travail.

— Comme moi. Savez-vous pourquoi, vous comme moi, nous avons ce besoin de nous *oublier* dans le travail ?

Lui avouer son échec ne la gênait plus, il ne la jugerait pas.

— Moi ? J'avais rompu avec mon fiancé. À temps, heureusement. Et vous ?

— Vous n'avez pas deviné ? C'est un cliché pourtant ! Enfance malheureuse, adulte malheureux. Une volonté, ne pas m'engager ; et une obsession, offrir au monde un visage irrésistible.

Il plaisantait, elle le savait, mais il y avait un fond de vérité dans ce qu'il racontait.

— Dans mon cas, reprit-elle, c'est d'une banalité à pleurer. Une femme se réfugie à la campagne pour panser sa peine de cœur.

— Vous êtes guérie ?

Une boule d'angoisse qu'elle connaissait bien se logea dans sa gorge.

— Aujourd'hui, oui.

Il scruta son visage comme pour s'assurer qu'elle disait bien la vérité.

— Je suis heureux de l'entendre.

— Je suis heureuse que vous soyez heureux. Mais, franchement, je n'ai aucune envie de parler de lui alors que je suis bien avec vous.

Inquiète, elle se mordilla les lèvres. Elle avait peut-être tort de se livrer ainsi à cœur ouvert.

— Franchement, moi non plus, répondit-il. Je me sens bien avec vous, moi aussi, je ne vous dirai pas le contraire.

Il l'observait. Son regard glissait sur son corps comme une caresse, tendre, insistante.

Troublée, elle fut prise de tremblements. Les démons qui la hantaient depuis que son ex l'avait maltraitée étaient de nouveau là, tout près. Ils l'épiaient, guettant la moindre faiblesse. Elle sentait leur présence. Leur pouvoir était écrasant. Ils lui conseillaient de fuir.

Fuir ?

Les remarques que sa tante lui avait faites lui revinrent. « *Tu n'es pas son genre… Il te fera souffrir… Ce n'est pas quelqu'un pour toi…* »

Sans doute avait-elle raison.

Il n'empêche. Elle savait, elle, qu'elle était « quelqu'un pour lui ». Qu'il était l'homme qui lui convenait et qu'elle était digne de lui.

Mais elle ne s'illusionnait pas, Theo Dubois ne serait jamais *son* homme. En revanche, il pouvait lui redonner la confiance que son ex lui avait fait perdre.

Une confiance qui lui manquait, à lui aussi, en dépit de ses airs fanfarons.

— Je peux aider ?

Theo entra dans la cuisine et s'arrêta derrière Bree. Une délicieuse odeur régnait dans la pièce.

— Non, c'est prêt. Je réchauffe la sauce et j'ai fini.

— Hum… Ça sent très bon.

Il se pencha sur son épaule pour voir ce qui bouillonnait dans la casserole.

— Une crème caramel ?

— Oui, encore une recette de ma tante. Je suis sûre que vous n'en avez jamais mangé d'aussi bonne.

— Allez vous asseoir, c'est moi qui vais servir.

Elle ne bougea pas.

— Bree ? fit-il d'un ton grave. Vous savez quoi ? J'ai envie de vous embrasser. Ici. Tout de suite. Mais j'ai peur de ne pas pouvoir m'en tenir là.

Elle se retourna. Il se mordillait les lèvres.

— Qui vous demande de vous arrêter ?

Elle le provoquait ?

Il n'hésita plus. Se penchant vers elle, il happa ses lèvres et les embrassa furieusement. Elles étaient lisses et sentaient bon le sucre, le caramel. Un goût addictif qui l'empêchait de les lâcher.

Serrée contre lui, elle se mit à gémir, à frotter le nez dans son oreille, dans son cou. Il la tenait fermement contre lui et sentait chaque centimètre de son corps. Chacune de ses courbes, chacun de ses creux. Il adorait sa souplesse, sa chaleur, sa bouche. Mon Dieu, sa bouche !

Sans cesser de l'embrasser, il glissa les mains dans ses cheveux, les souleva. S'enhardissant, elle l'imita et l'attira encore plus contre elle.

Il posa les mains sur ses hanches, rêvant de plus, fantasmant de l'avoir nue pour la caresser tout entière.

— Vous savez que vous êtes plus délicieuse que la meilleure des crèmes caramel ? lui dit-il soudain d'une voix rauque.

Elle recula la tête et le regarda en riant.

— Ma crème caramel est bonne, pourtant. Si vous voulez, on fait le test !

— Comment cela ?

— Fermez les yeux.

Elle repoussa ses mains.

— Non ! protesta-t-il.

— Si ! Maintenant, pensez à vos papilles. Rien qu'à vos papilles.

Il s'exécuta.

— Que suis-je censé ressentir ?

Elle rit. Il l'entendit actionner la porte du four. Entrouvrit discrètement un œil, ne le referma pas tout de suite, eut le temps de la voir se pencher. Elle avait vraiment le plus joli… dos du monde. Le plus excitant.

— Les yeux fermés !

Surpris en pleine insubordination, il s'exécuta.

— Je vous avais prévenue que je ne respecte pas les ordres.

Il l'entendit rire, s'agiter, ouvrir des placards, des tiroirs, puis gratter le fond d'une casserole. Une vapeur délicieusement odorante passa sous son nez. Le caramel avec, sans doute, un trait de crème fraîche. Il saliva. Ses doigts le démangeaient. Elle l'excitait trop.

— Ouvrez !

Il entrouvrit la bouche. Une cuiller glissa sur sa langue. Il ronronna de plaisir. C'était délicieusement sensuel. Mais cette émotion en appelait une autre, charnelle.

— Vous avez raison, c'est merveilleux.

Il n'avala pas tout de suite, savoura, se régalant.

— Je vous l'avais dit.

De nouveau, il entendit le bruit de la cuiller qui grattait le fond de la casserole.

— Goûtez ça, maintenant.

Il rouvrit la bouche. Quelques secondes et elle posa de

nouveau la cuiller sur sa langue. Saisi par le contraste, les papilles émoustillées, il frissonna de plaisir. C'était le paradis.

— C'est une crème glacée maison, expliqua-t-elle.

— Toujours une recette de votre tante ?

— Non, une recette à moi.

Il rouvrit les paupières. Elle le scrutait, les yeux brillants.

— Cela vous excite, de nourrir les gens comme ça ?

— Qui vous dit que ça m'…

Il ne la laissa pas poursuivre et reprit sa bouche.

— Vous niez ? dit-il entre ses lèvres.

— Non.

Il se redressa, lui prit le bol et la cuiller des mains.

— À mon tour. Fermez les yeux.

Elle battit des paupières, hésita une seconde.

— Vous me donnez ce que vous voulez ou je peux choisir ?

— C'est moi qui décide. Fermez les yeux, sinon vous n'aurez rien. Privée de dessert. Zéro gâteau.

Elle se mordit les lèvres pour ne pas rire et finit par obtempérer.

— Ouvrez le bec !

Il remplit la cuiller à ras bord.

— Plus grand !

Elle obéit. C'était troublant de la voir docile, prête à tout, il l'aurait juré. Jamais, non jamais il n'avait eu autant envie de prendre une femme.

Sans la quitter du regard, il mit la cuiller dans sa bouche. Elle écarquilla les yeux derrière ses longs cils. C'était délectable de l'observer, d'entendre les bruits qu'elle faisait, de contempler ses lèvres, sa gorge quand elle avalait. Sans s'en rendre compte, il faisait comme elle, en même temps qu'elle, bien qu'il n'ait rien dans la bouche.

Elle rouvrit lentement les yeux.

— Je ne sais pas si je dois être vexée ou ravie que vous m'ayez rempli la bouche comme ça !

— Je ne sais pas, c'est nouveau pour moi ! Les femmes avec lesquelles je sors ne jetteraient même pas un coup d'œil à la carte des desserts.

— Elles ne doivent pas s'amuser… Et vous non plus.

— Non, pas beaucoup.

— N'empêche que vous les fréquentez quand même !

— C'est plus facile de faire ce qu'on attend de vous que ce que l'on aime.

— Ah ! et vous aimez quoi ?

Il rit.

— Manger des desserts. Même si c'est régressif !

— Et votre ligne, alors ?

Elle le regarda et fit semblant d'être horrifiée.

— Il y a la gym pour ça, et le lit ! rétorqua-t-il.

— OK pour le lit… mais pas la gym !

Un courant passa. Complicité, plaisir d'être ensemble… Il l'attira à lui. Elle l'avait cherché !

Mais elle ne demandait que cela ! Aussitôt, se jetant à son cou, elle l'entoura de ses bras. Il se pencha alors pour l'embrasser, mais elle recula la tête.

— Vous savez ce que je préfère, de ce dessert ou de vous ?

Il alla pour prendre ses lèvres et, cette fois, elle ne recula pas.

— Le dessert ! fit-il

Elle rit nerveusement et l'embrassa avec passion.

— Je pense que c'est vous.

Il la souleva, la frotta contre lui, lui caressant le dos, les fesses.

Elle se plaqua contre lui, ondulant dans ses bras alors qu'il l'enlevait.

— Où allez-vous ?

— Au lit… sauf si vous y voyez une objection.

Il plongea le regard dans le sien et perçut un désir qu'elle ne pouvait plus cacher.

— Aucune. Mais si tante Clara demande, j'aidais Becca.

— C'est entendu.

# 7.

— Ça a été…

Un bras entre ses seins nus, le cou niché au creux de l'épaule de Theo, Bree regardait le plafond.

— … quelque chose ! suggéra Theo, une main sous la tête et, lui aussi, les yeux au plafond.

— Oui, vraiment quelque chose !

Elle l'observa en souriant. Ils avaient fait l'amour, et cela se voyait. Cheveux en bataille, pommettes rouges et corps moites, sans parler des yeux. Ceux de Theo brillaient encore plus que d'habitude sous la lumière de la lampe de chevet.

Oui ! Elle venait de vivre quelque chose de vraiment différent. Theo était tendre, attentionné, il lui avait fait ressentir des millions d'émotions. Aucun homme ne lui avait accordé autant d'attention.

Elle aurait voulu graver tous les détails dans sa mémoire pour en garder le souvenir après son départ. Car il allait partir. Où ? Mystère. Serait-ce Paris ?

Elle avait été frappée de sa réaction quand elle avait évoqué ce sujet. C'était juste après avoir fait l'amour, alors qu'il reprenait son souffle. Il s'était instantanément fermé.

Curieuse comme elle l'était, elle allait en reparler ; elle voulait comprendre pourquoi il s'était buté.

— Tu vis à Paris en ce moment ? Je suppose mais…

Il lui fit *oui* dans le creux de l'oreille. Elle se blottit plus étroitement contre lui.

— Ça doit être excitant, de vivre là-bas.

Il lui ôta une mèche des yeux.

— On finit par ne même plus se rendre compte de la chance qu'on a de vivre dans certains pays. Me réveiller et voir la tour Eiffel de mon lit, pourtant, quel pied !

— Oui, j'imagine ! Moi je ne l'ai jamais vue.

Il écarquilla les yeux.

— Ne fais pas cette tête, Theo. Non, je ne l'ai jamais vue. Tout le monde ne va pas à Paris. Il n'empêche, j'adorerais la voir.

— J'aurais cru que… Quand tu étais à Londres, tu pouvais prendre la navette. Deux ou trois heures d'Eurostar et tu y es. C'est…

— … facile. Oui, je sais.

La conversation ne prenait pas le tour qu'elle souhaitait. Il en apprenait plus sur elle qu'elle sur lui. C'était quand même bon, de parler.

— Mon ex voyageait beaucoup pour son métier. Il faisait des sauts de puce de pays en pays. Alors, les week-ends, il n'aspirait qu'à une chose, rester tranquillement chez lui. Quant à nos vacances, c'étaient les mêmes tous les ans, la plage avec un bouquin.

— Si tu en avais vraiment envie, vous ne faisiez pas d'exception ? Juste pour quelques jours ?

Elle ricana.

— Sûrement pas. Pour lui, c'était gaspiller son temps libre. L'horreur absolue.

— C'est un peu égoïste, non ?

Malgré leur rupture, elle sentit le besoin de prendre sa défense.

— Pas vraiment. C'est moi qui n'ai jamais beaucoup

insisté. Je n'avais qu'une chose en tête, lui faire plaisir. Je suis née comme ça. Avant tout, le bonheur des autres.

— Ah ah, je vois ! Bree la gentille se sacrifie pour que les autres soient heureux. Ça ne m'étonne pas de toi.

Vexée, elle lui donna un petit coup de poing dans les côtes.

— Tu crois que je plaisante ? demanda-t-il. Pas du tout ! Quoi qu'il en soit, ça n'explique pas que tu n'y sois pas allée après votre séparation.

— Toute seule, dans la Ville de l'amour ? Je suis très « fleur bleue ». Je ne me vois pas allant à Paris sans un amoureux. Et, pour être tout à fait honnête, j'ai été tellement prise par la boulangerie pendant toutes ces années que je n'ai guère eu le temps de songer aux vacances.

— Ne me dis pas que tu n'es pas partie en vacances depuis…

— Si. Trois ans. Mais je fais des breaks.

— C'est quoi, tes breaks ?

— J'ai mes mardis et mes dimanches.

— Oui, mais de vraies vacances ?

Cherchant la réponse, elle se gratta la tête.

— Je suis allée une fois à Barcelone, quand ma tante a repris le travail. Ils m'ont forcée à y aller ; personnellement, je n'en avais pas vraiment envie.

— Ça t'a plu ?

— Pas mal.

— C'est tout ?

Comme il était curieux ! Il voulait tout savoir et, elle, ne savait toujours rien de lui. Elle haussa les épaules.

— Bof ! Il ne faisait pas beau et, très franchement, j'ai trouvé que voyager seule me laissait trop de temps pour réfléchir.

Il sembla surpris et se raidit.

— À ton ex ? Comment était-il, à part son égoïsme ?

— Oh ! Theo ! fit-elle, jouant les offusquées. En fait, je ne sais pas pourquoi ça n'a pas marché. Un jour tout allait bien, enfin JE pensais que tout allait bien, et le jour d'après, quand il est revenu du bureau, il a estimé que ça ne marchait plus entre nous. Bon, j'ai fini par comprendre qu'il avait rencontré quelqu'un. Elle était tout ce que je n'étais pas. Grande, mince, blonde…

Il l'étreignit très fort.

— J'ai été très malheureuse, mais c'est fini. Je me dis même que j'ai échappé à un grand danger.

Il embrassa ses cheveux.

— Qu'est-ce qui te fait dire ça ?

— Je passais mon temps à essayer de lui faire plaisir, à me comporter comme j'imaginais qu'il voulait que je sois. J'ai cessé de penser à moi, à ce que je souhaitais, à ce que j'aimais ou n'aimais pas.

— Comme des escapades à l'étranger au lieu de séjours à la plage avec un roman ?

— Exactement.

Son estomac se mit à gargouiller. C'était sûrement nerveux.

— Depuis que je suis toute petite, ma vie était tracée : un diplôme, un bon job, mariage et enfants. J'étais tellement appliquée à cocher les cases que je ne m'interrogeais pas pour savoir si j'étais heureuse ou si ces cases étaient bonnes pour moi.

Elle soupira.

— Le job, un désastre. Le mariage n'a pas dépassé le stade des fiançailles, quant aux enfants, heu… comment dire… il faut d'abord que je rencontre l'homme qui me plaît.

— C'était quoi, ce job ?

— *Business analyst.*

— Oh là là, beaucoup trop sérieux pour la Bree que je connais… et que j'admire.

Son cœur bondit, ce qui était idiot. Ce n'était sûrement qu'une plaisanterie de sa part.

— Effectivement, c'était sérieux, reprit-elle. J'ai été sauvée par l'appel au secours de ma tante. Il fallait que je m'éloigne de mon ex et du travail, c'était vital, et elle avait besoin de moi. Le timing était parfait. Résultat, je suis bien plus heureuse maintenant.

— Tu es meilleure que moi. Je ne pourrais pas pardonner ce genre de trahison et je ne ferais plus confiance à l'espèce humaine !

— Je n'avais pas le choix. J'aurais pu ruminer ma rancœur et passer ainsi le restant de mes jours. J'ai préféré avancer et laisser ça de côté – ce qui ne veut pas dire oublier –, et vivre ma vie en prenant chaque jour comme il vient.

Elle le serra très fort et caressa de la langue sa peau tiède et nue.

— C'est une attitude positive.

Elle se redressa et, les mains sur son torse, le regarda.

— Si tu estimes que ton attitude n'est pas positive, peut-être es-tu prêt à en changer pour quelque chose de mieux ?

Il fronça les sourcils, puis regarda ailleurs. Des ombres, fantômes désincarnés, passèrent sur son visage tendu.

Elle saurait pourquoi.

— J'ai cru que j'étais prêt.

— Tu as cru, répéta Bree.

Les yeux au plafond, Theo revoyait son passé. Ce passé qui le glaçait.

— Je ne racontais pas d'histoires en disant que je ne voulais pas me poser et que je…

Il se racla la gorge.

— … que je ne suis pas fait pour fonder une famille.

— Je n'ai jamais pensé que tu l'étais !

Il la regarda, lui enleva machinalement les cheveux des yeux, mais seuls son passé et Tanya occupaient ses pensées.

— Je croyais que la fille avec qui je sortais était comme moi. Rien de sérieux, juste…

— Un coup, comme ça.

Comment pouvait-elle parler de sexe avec cette désinvolture ? Elle était si sentimentale, si typiquement la femme à désirer une famille.

— Elle voulait autre chose ? Plus que ça ?

— Apparemment. On se voyait depuis un an, quand nos chemins se croisaient, si on était dans la même ville par exemple, ou à des soirées.

La gorge nouée, il déglutit.

— Elle m'a dit qu'elle était enceinte. Au début, j'ai pensé qu'il n'était pas de moi ; je suis toujours prudent. Toujours. Mais elle m'a mis des statistiques sous les yeux, un pourcentage de fois où les préservatifs ne remplissent pas leur fonction, des dates, aussi. Elle a pleuré, un peu, puis beaucoup.

Il était étrange, détaché, comme s'il racontait une mésaventure arrivée à un inconnu, un événement qui ne le concernait pas.

— Ça a dû être un choc pour elle aussi.

Elle avait changé de voix, elle était froide maintenant, distante. Il crut qu'elle le jugeait.

— À condition qu'elle ait dit la vérité.

— Comment ça ? Elle mentait ? Elle n'était pas enceinte ? C'est ça ?

Dubitative, elle fronça les sourcils.

— Mais… on ne peut pas feindre une grossesse.

— Apparemment, si, en se donnant du mal ou si votre homme est crédule.

— Mais qu'espérait-elle ?

— Que je lui mette la bague au doigt. M'avoir à elle. Mais nous n'étions vraiment pas sur la même longueur d'onde.

— De là à te mentir…

— Elle connaissait des détails de mon passé, assez pour savoir pourquoi je ne voulais pas me poser, pourquoi je ne le ferais jamais, et elle s'en est servie contre moi. Elle savait que je ne voulais pas d'enfants qui grandissent sans leur père, sans famille stable.

Bree hocha la tête.

— Je n'en reviens pas. Ça me dépasse complètement.

— Parce que tu es bonne, Bree. Parce que tu es honnête, parce que tu aimes les autres et que tu fais attention à eux. Je sais que tu n'agirais jamais comme ça, mais Tanya… Elle savait ce qu'elle faisait. Ce qu'elle voulait.

Bree écarquilla les yeux.

— Tanya ? Tanya Bedingfield, le mannequin ? Noooon…

— Si, en personne !

Il lui prit le menton et lui releva la tête. Il voulait qu'elle plonge les yeux dans les siens. La douceur de son regard apaisait le mal que Tanya lui avait infligé en lui mentant.

— Elle est sublime, dit Bree.

— Pour l'apparence, je suis d'accord.

— D'après les journaux, tu l'as laissée tomber et tu lui as fait beaucoup de mal.

— La presse peut penser et écrire ce qu'elle veut.

— Tu ne souhaites pas rétablir la vérité ?

— Dans quel but ? Pour mettre de l'huile sur le feu, pour que les journalistes fouillent encore plus, pour qu'ils nous posent plus de questions, qu'ils nous harcèlent tous les deux ? Je suis trop heureux que l'histoire de sa prétendue grossesse n'ait pas fuitée.

— Mais comment pensait-elle se sortir de ce mensonge ?

— Elle devait penser qu'une fausse couche, le moment venu, expliquerait tout.

— Mais c'est invraisemblable !

— C'est pourtant la vérité. Je peux t'assurer que je n'ai pas été fier de moi quand j'ai appris qu'elle m'avait menti. Tu veux savoir comment je l'ai su ? Elle n'a pas eu de chance ! Un jour, je suis rentré plus tôt que prévu à la maison pour lui faire une surprise. Le matin, elle avait des nausées, et je faisais un maximum pour qu'elle soit le mieux possible et le bébé aussi. Je voulais que cet enfant sache qu'il était désiré, racheter mes frasques passées. La femme de ménage était là quand je suis arrivé, avec un paquet. Tu ne devineras jamais ce que c'était. Des tampons hygiéniques !

Il haussa les épaules.

— Tanya avait l'habitude de se faire livrer. Mais des tampons, pour une femme enceinte… J'ai paniqué, cru que le bébé… Mais quel imbécile !

— Non, Theo tu ne pouvais pas deviner.

— J'aurais dû comprendre mais, au lieu de réfléchir, je l'ai plainte, et elle en rajoutait, trop heureuse que je marche dans sa combine. Quand j'ai suggéré qu'on aille à l'hôpital, elle a renâclé, prétexté mille excuses, dit qu'elle voulait y aller seule. Bref, j'ai commencé à trouver que c'était louche, le doute s'est installé et, dans la foulée, la certitude qu'elle me mentait depuis le début s'est imposée.

— Tu as dû être dévasté. Cet enfant que tu pensais avoir… ce bébé…

Il haussa les épaules.

— Il n'a jamais existé. Mais parlons d'autre chose, s'il te plaît. Je ne veux plus entendre parler d'elle, ni du… du bébé.

Il l'attira à lui, et elle se serra contre lui, lui communiquant sa chaleur.

— Je préfère ça ! dit-il avant de prendre sa bouche.

Elle osa le plus fou des baisers mais, soudain, s'arrêta.

— Il va falloir que j'y aille.

Il se figea. La déception l'emplit d'un froid glacial.

— Je savais qu'il ne fallait pas que je te raconte ça.

— Pas du tout. Au contraire, je suis heureuse que tu m'aies fait assez confiance pour ça, mais je dois retourner à la boulangerie. Enfin, aller me coucher.

— Le lit est assez grand pour deux.

— Peut-être, mais je dois me lever dans quelques heures et je préfère éviter l'inquisition espagnole en rentrant au petit matin.

— Ta tante ?

— Exactement. Et je ne veux pas casser ton sommeil en partant à quatre heures et demie du matin.

— Ah, les joies de la boulangerie ! J'avais oublié comme c'est dur, ce genre de travail.

— Parce que tu as connu ?

— Oui, quand j'étais ado, j'en ai fait ma part.

Elle afficha une petite moue. D'incrédule, son expression passa de la curiosité à une sorte d'admiration puis à quelque chose d'autre, d'indéfinissable.

— Tu seras là demain ?

— Oui, tous les jours jusqu'à ce que les O'Brien soient rétablis.

— Pas la peine, Theo. Je peux jouer les infirmières sans toi.

— Je voudrais bien voir ça ! Je serai là demain rien que pour le coup d'œil !

Ils rirent ensemble, heureux de retrouver l'humeur joyeuse du début de leur rencontre.

— Promis ?

— Promis.

Comme elle se dégageait de ses bras, il tenta de la retenir, mais il devait respecter sa volonté. De toute manière, c'était plus sage. Mieux valait garder une certaine distance plutôt que de prendre des habitudes qu'il serait difficile de perdre et qui conduiraient inévitablement à des attentes. Comme Tanya l'avait espéré.

Il la regarda se rhabiller, sans cesser d'espérer qu'elle reste. Elle se retourna, passa la main dans ses cheveux qu'il avait ébouriffés et lança :

— À demain.

— Je vais t'ouvrir, dit-il, commençant à se lever.

— Pas besoin, j'ai une clé. Je peux sortir toute seule.

Elle rit et ajouta :

— Reste allongé, j'adore te voir au lit.

Il se rallongea, souriant. Cette femme était parfaite.

— Dans ce cas, je ne discute pas.

Et elle se sauva. Il entendit son rire égrener ses notes joyeuses dans le couloir.

Bree était parfaite.

Trop parfaite pour un dépravé comme lui.

N'empêche, ils étaient sur la même longueur d'onde. Leur lien était ponctuel – en dehors du monde mais ponctuel. Et, tant qu'ils s'entendaient bien, où était le problème ?

# 8.

— C'est quoi, cet énorme rire ?

Bree, curieuse, regardait Theo, qui revenait dans la cuisine. Cela faisait quarante-huit heures qu'ils étaient tombés dans les bras l'un de l'autre et, loin d'être rassasiée, elle ne pensait qu'à refaire l'amour avec lui.

— C'était Sebastian. Il voulait s'assurer que tout va bien, qu'on n'a pas mis le feu à la maison.

— Et ça te fait rire.

— Oui, parce qu'il vient d'avoir une révélation. Il pense qu'il serait peut-être judicieux pour lui de rester dans le coin.

Il s'approcha d'elle, s'arrêta derrière son dos et regarda par-dessus son épaule.

— Elle a bonne mine, ta mixture.

Elle continua de touiller ce qui mijotait dans la casserole.

— Oui, ça se présente bien. La pâte se décolle des bords.

Il posa une main sur la sienne et remua la pâte avec elle.

— Sebastian pense à rester dans le coin ? répéta-t-elle. Ce n'est pas judicieux, c'est indispensable. Il a une fille, il est important qu'il apprenne à la connaître.

Debout derrière elle, Theo lui communiquait sa chaleur. C'était délicieux. Luttant contre l'envie de se laisser tomber contre lui, elle inspira profondément.

— C'est ce qu'il va faire, c'est certain, répondit Theo.

Dans son geste pour éteindre le feu, il la frôla et déclencha une série de frissons en elle.

Elle avait la tête ailleurs. Tante Clara avait raison, Theo Dubois était toxique. Et plus elle le connaissait, plus le poison devenait violent.

Finalement, elle ne serait pas mécontente qu'il s'en aille – le plus vite serait le mieux. Loin des yeux, loin du cœur. Mais, si son frère devait s'installer ici, sans doute resterait-il, lui aussi ?

— Et toi ? demanda-t-elle. Que feras-tu si Sebastian décide de rester ?

— Amusant. Mon frère m'a posé la même question.

— Les grands esprits se rencontrent.

Il rit.

— Pour tout te dire, je ne sais pas encore. Paris est tentant, et j'ai des choses à y faire, mais pour l'instant…

Il l'observa et soutint son regard. Un courant passa, les tétanisant tous les deux.

— Pour l'instant ?

— Il faut ajouter les œufs, non ?

Ce n'était pas la réponse qu'elle attendait.

— Les œufs ! Je peux les casser ? demanda Becca, qui faisait du coloriage sur un tabouret devant l'îlot central de la cuisine.

— Si tu veux.

Theo prit un tabouret, le plaça devant la cuisinière et y assit Becca.

— Vous faites une bonne équipe tous les deux, dit Bree.

— Ce matin, on a préparé ensemble le petit déjeuner de papa et maman. Ils n'ont pas beaucoup mangé. Ils ont mal au ventre.

— Tu t'occupes bien d'eux. Ils vont guérir très vite, affirma Theo pour la rassurer.

La complicité qui s'était tissée entre Becca et Theo

était touchante. Se rendait-il compte du père fabuleux qu'il ferait ? Du potentiel d'amour qu'il avait à donner ?

Elle détestait Tanya pour le mal qu'elle lui avait infligé, lui faire miroiter l'éventualité d'un enfant et détruire ce rêve avant même qu'il se réalise. C'était cruel.

— Tiens, Becca. Prends cet œuf et casse-le dans la casserole. Bree va touiller.

Tout en remuant, Bree repensait à leur conversation. Elle voulait en savoir plus.

— S'il reste, que ferez-vous de votre projet d'hôtel ?

— Je ne sais pas. Sebastian le réétudie. Je ne pense pas qu'il se voyait revenant vivre à Elmdale, et encore moins en père. Il va falloir qu'il *ajuste*.

Ce qu'il disait pour Sebastian valait aussi pour lui. Son attention pour Becca, sa gentillesse envers elle, son plaisir d'être revenu à Elmdale, il avait exprimé tout cela. L'idée qu'il reprenne racine ici n'était peut-être pas qu'une vue de l'esprit.

— À ton avis, que fera-t-il ?

Ses questions étaient orientées. Elle était impatiente, et pleine d'espoir d'obtenir les réponses qu'elle souhaitait.

Pourtant, tel qu'elle le connaissait, Theo risquait de n'en faire qu'à sa tête. Mieux valait ne pas se faire d'illusions. Il ne resterait pas. Sebastian, si. Pour son amie et leur fille. Mais son frère…

— Ce qu'il estimera bon pour lui. Ce serait bien que le domaine reste dans la famille. C'est tout près de chez Flick, ce serait commode pour lui. Il aurait une base… *pour voir venir* sans avoir la pression de chercher un endroit où vivre.

— Et toi ? Tu resteras un moment dans la propriété ?

Il donna un autre œuf à Becca.

— Moi ? Le temps qu'il faudra. Pour l'instant, ils se découvrent. Je connais bien mon frère, je ne l'avais pas vu aussi heureux depuis longtemps. Je leur laisse toute la place… En ce qui me concerne, j'ignore ce que je vais faire. Paris me semble moins attractif si Sebastian décide de rester ici.

Becca cassa l'œuf et demanda à touiller la préparation. Après deux minutes, elle se lécha les doigts et glissa de son tabouret pour retourner à son coloriage.

— Je m'absente une seconde et je reviens, dit Theo. Je vais chercher les moules à gâteaux.

Et il s'éloigna, privant Bree de sa chaleur. Sa résolution de ne pas s'investir dans une relation amoureuse était en train d'échouer lamentablement.

Regrettait-elle ce qu'ils avaient partagé ?

Non.

Le chagrin à venir était le prix à payer, mais il en valait la peine.

— J'ai réfléchi, annonça-t-il, revenant avec les moules.

— Passe-temps dangereux, n'en abuse pas, se moqua-t-elle.

Il eut un rire nerveux et se passa la main dans les cheveux. Qu'est-ce qui le préoccupait ?

— Très drôle ! Blague à part, je me disais que j'allais retourner à Paris, pas la semaine prochaine mais la suivante.

Déçue, elle se pétrifia.

— Tu vas… ?

— Oui, j'ai un rendez-vous mais…

Main dans les cheveux, regard perdu au loin, il semblait perturbé. Indécis.

— Je me demandais si… je pensais que tu… Que peut-être tu pourrais…

— Allons ? Theo Dubois, qu'est-ce qui vous arrive ? Vous avez perdu votre langue ?

Becca le regarda.

— Ta langue est perdue ?

Ils éclatèrent de rire.

— Je disais donc que, peut-être, ce serait l'occasion pour toi. Je t'invite. En amis. Juste nous deux, à Paris, petits dîners, verres en terrasse, on se détend, c'est tout. Je te ferai visiter ce qu'il faut voir et, entre nous, tu as bien mérité quelques jours de repos. Ta tante sera sûrement d'accord.

*En amis.* Malgré son envie de pleurer, elle essaya de faire bonne figure. Theo avait été très clair. Ils étaient amis, rien de plus. Il l'avait écoutée, il savait qu'elle avait envie de voyager mais pas seule. Pourtant, avec lui ? Était-ce bien raisonnable ?

Il fallait être fou pour proposer ce voyage à une quasi-inconnue. Ils s'étaient rencontrés moins d'une semaine plus tôt, il ne pouvait pas savoir qui il emmenait. Ou alors, c'était ainsi que fonctionnait la jet-set, ces privilégiés chez qui l'argent ne comptait pas, avec le monde entier pour terrain de jeu ?

— Tu n'as pas besoin de te décider tout de suite. Ma proposition tiendra toujours. J'ai une chambre d'amis. Tu auras un espace à toi. Je sais que tu rêves de voir la tour Eiffel. Ce sera ma façon de te remercier.

— De quoi ?

Gêné par la présence de Becca, il hésita, puis murmura :

— De m'avoir ouvert les yeux. De m'avoir permis de dire ce que je pense. De m'avoir montré qu'on peut être heureux, s'amuser avec un rien… Que je peux de nouveau trouver du plaisir dans des petites choses toutes simples.

Elle se crispa. Son visage s'assombrit.

— Des petites choses toutes simples ?

— Je ne parle pas de toi, voyons !

Il pensait qu'elle rirait, qu'elle comprendrait sa plaisanterie et la balayerait d'un revers de main. Mais non, pas du tout.

— Vous allez vous embrasser ?

C'était Becca, qui les regardait de ses grands yeux bleus émerveillés.

— Ah non ! lança Bree. On va finir de préparer les chouquettes avant que la pâte se dessèche. Ensuite, on les mettra au four. On a du travail. Tu vas m'aider, Becca.

Elle se força à sourire, mais sa tête était ailleurs.

Découvrir Paris, se promener avec cet homme qui faisait battre son cœur, il n'y avait rien de plus excitant.

Quand elle avait quitté Londres et laissé Leon, elle avait dû se reconstruire. Elle aimait sa nouvelle vie, sa nouvelle maison, la femme qu'elle était devenue. Et, avec Theo, elle se sentait sûre d'elle, heureuse, libre de ses choix.

Quand il s'en irait, que deviendrait-elle ? Le cœur en miettes, elle risquait de se sentir très seule.

Non. Elle ne serait jamais seule. Elle avait sa famille, ses amis, elle avait Elmdale.

Avant Theo, cela lui suffisait.

Il faudrait bien que cela continue.

Theo savait que son temps ici était compté. Les O'Brien n'allaient plus tarder à partir, Bree n'aurait donc plus de raisons de venir. La pension serait vide. Il aurait tenu la promesse qu'il avait faite à son frère.

L'idée d'emmener Bree à Paris lui était venue comme cela. Soudainement. Un prétexte pour passer plus de temps avec elle. Mais pas d'engagement. Pas de promesses. Juste du temps ensemble.

— Theo ? fit Bree, le sortant de ses songes. Becca demande si elle doit verser du sucre sur les chouquettes.

— Bien sûr. Vous n'en avez jamais mangé ?

— Non, pas plus que je ne suis allée à Paris. C'est français, les chouquettes.

— Tu vas aller à Paris, tante Bree. Oncle Theo t'emmène.

Theo sourit. S'il cherchait une complice pour décider Bree, il l'avait.

— Si tante Bree est d'accord, dit Bree en regardant Theo. Tu sais, oncle Theo peut être ennuyeux quand il veut.

— Ennuyeux, pourquoi il t'ennuie ? Moi, quand mon frère m'ennuie, c'est quand il me tire les cheveux. Oncle Theo tire tes cheveux, tante Bree ?

Bree rougit. Oui, Theo lui avait déjà tiré les cheveux. Une fois, et ce souvenir la faisait encore rougir.

— Je… mets ça… au four ! bégaya-t-elle, essayant de cacher son trouble.

— Bonne idée ! Toi, Becca, tu vas me montrer ton dessin.

Theo souleva la petite fille du tabouret et la reposa à terre. Elle l'avait changé. Grâce à elle, il se sentait un autre homme. Un homme meilleur. Comme Bree.

Le bonheur tout neuf de son frère déteignait-il sur lui ? Ou était-ce Bree – parce qu'elle était positive – qui lui faisait du bien ?

— Ça, c'est Bree dans la boulangerie, expliqua Becca, un doigt pointé sur son dessin. Et, ça, c'est toi.

— Bree est parfaite, commenta Theo. Mais moi je ne suis pas sûr que…

— Ah si ! C'est vraiment toi ! fit Bree, qui s'était approchée.

— Tu crois ?

Elle opina.

— Bien, dit-il, s'adressant à Becca. Tu vas aller voir si papa et maman ont besoin qu'on leur monte quelque chose.

Attendri, il la regarda disparaître dans l'escalier.

— On dirait que tu commences à t'attacher à cette enfant.

— C'est étrange, c'est comme si cette semaine m'avait ouvert les yeux.

— Mais encore ? Tu as pris conscience que tu mérites mieux que ce que ta vie t'offre actuellement ?

Dubitatif, il plissa les yeux.

— Si, si, Theo. Tu n'es pas le personnage que tu te plais à afficher. Ce côté play-boy, ce n'est pas toi. Tu vaux mieux que ça.

— Non, Bree. Tu fais erreur. Demande à Tanya. Demande aux femmes avec lesquelles je suis sorti.

— Tu te racontes des histoires.

— Non, Bree. Non, je ne suis pas celui que tu t'imagines.

Elle alla vers lui, plongea les mains dans ses cheveux et sentit son cœur battre comme un fou.

— Tu peux me raconter ce que tu veux, je ne te crois pas. Tes actes te contredisent.

Sans lui laisser le temps de rétorquer, elle l'embrassa. Il n'avait jamais connu une telle émotion, ce sentiment de plénitude, comme si la vraie vie c'était ça, comme si SA vie c'était ça, le bonheur, la passion avec Bree.

— Qu'essayes-tu de me faire, Bree ?

— J'essaye de te montrer… autre chose. Une vie différente.

— Laisse-moi t'en montrer une autre. Laisse-moi te montrer Paris et ses merveilles. Pour une fois, laisse-moi te régaler.

— Je vais voir.

Elle se tut un instant.

— C'est oui, reprit-elle, si tu me jures de réfléchir à ce que ta vie pourrait être si tu oubliais ton obsession pour le passé.

— Arrête, Bree. Je suis un play-boy. Et toi, une ex-citadine avec un cœur gros comme ça.

Il dessina un cœur avec les mains.

— Tu ne me changeras jamais, fit-il. De toute manière,

il n’est pas question de partir tous les deux dans le soleil couchant vers …

— Je n’ai jamais prétendu ça.

— Ça se lit dans tes yeux !

— À mon avis, ce que tu lis dans mes yeux, c’est que tu vaux mieux que ce que tu penses de toi. Et aussi que je ne comprends pas que tu m’invites à Paris. Ça me semble incroyable. Voilà, il n’y a rien de plus à lire dans mes yeux.

Elle s’était tendue. Il le sentait sous ses doigts.

— Je vais penser à ta proposition, dit-elle, évasive.

— Penses-y. Imagine-toi avec la tour Eiffel en toile de fond.

Il l’étreignit comme s’il craignait qu’elle ne lui échappe et l’embrassa avec fougue, espérant faire taire la panique qui l’avait assailli.

Elle savait qui il était, il ne lui avait jamais rien promis. Il n’y aurait pas de chagrin d’amour, pas de cœur brisé, pas de promesse non tenue puisqu’il n’y aurait pas de promesse, pas de sous-entendu… Rien.

# 9.

— Tu es sûre que ça va ? demanda Bree à Felicity pour la ixième fois.

Son amie était arrivée à la boulangerie juste après la fermeture avec une drôle de tête. Elle semblait dans l'expectative. De quoi ?

Bree décida qu'elle saurait. Elle-même était perturbée, mais elle savait pourquoi. C'était à cause d'un homme. Felicity aussi, peut-être ? Mais c'était peu probable. Theo avait brossé un tableau très encourageant de la relation de son frère avec son amie.

Ce n'était pas son cas. Il n'y avait rien de souriant dans sa relation avec Theo. Pour ne pas se faire d'illusions, elle avait évité les tête-à-tête avec lui depuis dimanche, jour où les O'Brien étaient partis. On était mardi. Presque deux jours sans clients, deux jours seule avec ses interrogations. Deux jours pour réfléchir à sa proposition de voyage à Paris.

— J'ai couché avec lui.

Bree faillit avaler son café de travers. L'aveu de Felicity faisait écho à sa propre aventure.

— Ça alors ! Je ne m'y attendais pas !

Bree connaissait sa propre impatience quand un homme lui plaisait, mais Felicity ? Posée, mesurée, raisonnable, Felicity réfléchissait avant d'agir.

Elle regarda Bree.

— Le jour où je suis partie avec lui, vous m'avez tous dit de me méfier.

Elle releva la tête crânement.

— Je suis idiote, fit-elle comme pour elle-même. En dépit de tous les signaux d'alerte, je me suis laissé embobiner.

Bree fit le tour de la table et vint s'asseoir près d'elle.

— Je suis complètement folle, Bree. Je retombe dans ses bras alors que je sais que ça ne peut pas marcher !

— Qui dit ça ?

— Moi, lui, nous deux.

— Vous avez fait l'amour ? Ça ne s'est pas bien passé ?

— Oh si ! On a fait l'amour comme des dieux. Mais il a été clair. Il n'y a pas d'amour là-dedans, pas de sentiments, surtout pas d'attachement. C'est juste le sexe pour le sexe, et par devoir, et pour l'argent et tout ce que tu veux… Ça ne me va pas.

— Tu sais, c'est déjà pas mal d'être heureux sexuellement. Ce n'est pas toujours vrai.

— Oh ! Bree !

Feignant d'être offusquée, Felicity se tourna vers la fenêtre.

— Qui est ce type ?

Dehors, un ouvrier discutait avec Theo. Le plombier, sûrement.

— C'est pour le cumulus. Theo le trouve trop vieux, il a décidé de le changer. Il veut te faire plaisir.

— Me faire plaisir ? Mais pour qui ils se prennent, ces Ferrington-Dubois ? Qu'est-ce qu'ils s'imaginent ? Qu'il suffit de distribuer de l'argent pour que le monde aille mieux ?

— Perso, je trouve que c'est plutôt sympathique de sa part. Il veut t'aider, c'est tout.

— J'en ai assez. Sebastian nous met constamment son argent sous le nez, à Angel et moi !

— Il ne s'agit pas de Sebastian, mais de Theo. Je le comprends, il veut compenser pour toutes les années qu'il vous a fait perdre, à son frère et à toi.

Felicity plissa le front.

— Tu sais ce qui s'est passé ?

— Tu veux parler de la bagarre ?

Felicity acquiesça de la tête.

— Il se sent très mal. Il pense que c'est sa faute si Sebastian s'en est mêlé et a frappé leur grand-père. Il dit qu'il est coupable. Il fait ce qu'il peut pour réparer.

— Mais ce n'est pas sa faute.

— Je le lui ai dit… Laisse-le changer ce cumulus. Il apaise sa conscience. Il a besoin de ça.

– Oh ! mais dis donc, il te plaît bien, on dirait !

Son visage s'illumina.

— Oui. Comme à toute la gent féminine d'Elmdale.

Felicity hocha la tête.

— Mais… Tu ne m'avais pas dit que tu étais insensible au charme Dubois ? Oh là là ! Je suis drôlement égoïste ! J'étais tellement embringuée dans mon histoire que je n'ai rien remarqué.

— N'exagérons pas ! Il me plaît, c'est sûr. Difficile de ne pas craquer quand on le côtoie.

Les yeux écarquillés, Felicity la regardait comme si elle découvrait une extraterrestre.

— C'est un type bien, fit Bree avec toujours le même enthousiasme. Il est tendre, il est attentionné, tout ça sous des airs suffisants. Mais ce n'est qu'un vernis. Quant à son corps ! Aïe aïe, aïe ! Je te raconte pas ! Adonis ! Un top model.

Felicity hochait la tête avec la même expression que tante Clara quand Bree déclarait devoir faire un saut à la pension ou que Theo venait chercher des gâteaux à la boulangerie, prétendument pour les O'Brien, alors que tout le monde savait qu'ils étaient trop malades pour avaler quoi que ce soit.

Tante Clara n'était pas aveugle, Felicity non plus.

— Tu sais la réputation qu'il a, Bree ?

— Oui, et je suis surprise que tu la connaisses, toi qui, la semaine dernière, n'avais jamais entendu parler de lui.

— J'ai eu le temps de m'informer. Et ça ne m'a pas plu. Tu es folle de lui alors qu'on ne sait même pas combien de temps ils resteront ici, une fois l'hôtel ouvert.

Felicity ignorait-elle que Sebastian s'interrogeait ?

Ce n'était pas à elle d'en parler. Theo avait peut-être interprété les intentions de son frère ? Ou Sebastian n'était pas tout à fait sûr de lui ? Quelle que soit la raison, Bree était sûre d'une chose.

— À mon avis, Sebastian ne se volatilisera pas une nouvelle fois. Pas maintenant qu'il y a Angel et toi.

— Angel, peut-être. Mais moi…

— Je pense qu'il va s'occuper de vous. De vous deux.

— Je n'ai besoin de personne pour s'occuper de moi. Ce que je veux c'est… Non, bof, oublie !

Elle regarda du côté de la pension puis, de nouveau, son amie.

— Zut, Bree ! Je vais me faire du souci pour toi, maintenant ! Comme si je n'en avais pas assez avec moi ! Je plaisante. Mais quand même ! Si le retour de Sebastian a des conséquences néfastes pour toi, je ne me le pardonnerai pas.

— T'inquiète ! Je suis grande et je ne couche pas avec n'importe qui !

— Pourquoi ? Tu as *couché* avec Theo ?

Bree regarda vers l'escalier qui montait au salon où tante Clara et son mari regardaient la télévision.

— Doucement ! Tante Clara me tuerait si elle l'apprenait.

— Elle le tuerait, lui, d'abord.

Elles rirent en chœur.

— Toi, tu n'as rien à dire ! Sebastian a à peine reparu dans ta vie que tu as déjà couché avec lui.

— Oui, mais nous, c'est une longue histoire, et on a une fille…

— OK, n'empêche que ça faisait seize ans que tu ne l'avais pas vu !

— Très juste ! Mais on ne va pas se disputer. On fait quoi maintenant de nos bonshommes ?

— On va se protéger pour ne pas avoir mal.

— Prendre ce qu'ils nous donnent et en profiter jusqu'au bout.

— Facile à dire. Moi je n'ai pas ton passé et je n'ai pas Angel à protéger. Ça complique les choses.

— Peut-être. Mais toi, où en es-tu avec lui ?

— Nous sommes un peu plus qu'amis, si tu vois ce que je veux dire.

— Et tu es heureuse ?

— Il fait tout pour…

Le sous-entendu déclencha un éclat de rire. Felicity fit semblant de se boucher les oreilles.

— Sérieusement, Felicity, ne t'inquiète pas pour moi. Je sais où je mets les pieds. La balle est dans mon camp.

Il y eut un bref silence, et elle reprit :

— Figure-toi qu'il m'a invitée à Paris dans deux semaines. J'hésite.

Elle haussa les épaules. L'idée de partager son appartement parisien l'excitait. Qui savait, peut-être aussi son lit ? Après tout, ils avaient bien passé du temps dans son lit, ici, à la pension.

Son cœur se mit à cogner. La tour Eiffel, Paris, c'était un programme de rêve.

Elle avala une gorgée de café.

— Je n'ai pas encore demandé à tante Clara s'ils

pourraient se débrouiller sans moi. Tu comprends, je ne veux pas les laisser en plan avec tout ce monde à Elmdale.

— Le magnétisme Dubois frères !

— Absolument !

— Ils seront très heureux que tu te reposes un peu. Ils sont les premiers à dire que tu as besoin de vacances.

— Theo le dit aussi.

Felicity fronça les sourcils.

— Tu sais que ce qu'il t'offre, c'est du court terme. Il t'invite à Paris. Qu'est-ce que tu attends pour dire oui ? Tu veux le faire mariner un peu, c'est ça ?

C'était exactement cela. Le laisser mariner au lieu de se jeter la tête la première sur sa proposition. Ce n'était pourtant pas l'envie d'accepter qui lui manquait. Elle avait envie de lui à en avoir mal. Mais il fallait qu'elle calme ses ardeurs, physiques et émotionnelles.

— Comme tu voudras, fit Felicity.

— Tu m'évites ?

Bree releva la tête. Elle était tellement engluée dans ses pensées qu'elle n'avait pas entendu la porte de la boulangerie s'ouvrir.

— Ah ! c'est toi, Theo !

Elle ramena ses cheveux en arrière et sourit. Elle devait avoir le visage luisant, car elle passait le sol à la vapeur depuis un moment.

— Tu viens m'aider ? fit-elle en guise de boutade.

Adossé à la porte, il la regardait. Comme toujours il avait l'air détendu, si ce n'étaient ses yeux bleus, perçants, qui la scrutaient et trahissaient une certaine émotion.

— Pas vraiment. Je pensais te rendre service autrement mais, puisque la pension est vide, je peux t'aider si tu veux.

Il avait toujours cette même voix, suave, la voix d'un

séducteur, et il était si charmant ! Comment, dans ces conditions, le tenir à distance ? Comment résister à ce flirt qui ne disait pas son nom ?

— Ce n'est pas nécessaire.

Il se décolla de la porte et s'approcha.

— Tu m'as manqué, Bree.

Elle se passa la langue sur les lèvres et le regarda droit dans les yeux. Il avait l'air vraiment sincère.

— Mais cela ne fait pas longtemps.

— Oui, mais je te voyais tous les jours, et depuis que les O'Brien sont partis, dimanche, tu n'es plus venue. Je commence à me dire que tu ne venais que pour Becca.

Elle éclata de rire.

— Tu as raison. C'est sûrement ça !

— Je finis par me demander si tu n'as pas peur d'être seule avec moi.

Nouvel éclat de rire.

— Ne sois pas ridicule !

— Je ne sais pas. C'est mon invitation à Paris qui te gêne ?

Elle attendit quelques secondes avant de répondre :

— J'ai été très occupée, tu sais. Et puisque les O'Brien n'étaient plus là tu n'avais plus besoin de moi.

Il caressa sa joue.

— C'est là que tu te trompes, dit-il.

Il s'était encore rapproché, il était maintenant si près qu'elle n'allait pas pouvoir résister. Elle avait la tête qui tournait, la bouche sèche, les jambes en coton et, malgré elle, elle se serrait contre lui. Elle voulait qu'il l'embrasse. Elle en avait tellement envie qu'elle le suppliait probablement du regard. Il devait le voir. C'était ridicule !

Elle entrouvrit la bouche.

— Vraiment ? demanda-t-elle.

Il acquiesça d'un signe de tête.

— J'ai besoin de toi, Bree. Tu m'as envoûté, et je suis…

Elle lui posa la main sur la bouche.

— Chut ! Il y a quelqu'un.

Ils s'écartèrent et se tournèrent vers le couloir.

— Ah ! tante Clara.

Les mains sur les hanches, sa tante avait surgi. Elle semblait très en colère.

— Ah, bah voilà ! C'est ça qui te retient en bas, ou plutôt… *qui*.

Se passant la main dans les cheveux, Theo l'interrompit.

— Désolé d'avoir retenu Bree. Je venais lui proposer mon aide pour la remercier des heures qu'elle a passées à la pension.

— Ah ? Vraiment ? C'est un peu tard… Ça fait plus d'une heure que c'est fermé.

— Je pensais pouvoir l'aider à faire le ménage. Je suis très bon pour les travaux manuels.

— Oui, dit Bree, regrettant aussitôt ce *oui* qui lui avait échappé.

Son oncle apparut à son tour.

— Bon, si vous n'avez rien contre un bon rôti, vous pouvez nous aider à préparer le dîner.

Bon enfant et toujours prêt à aplanir les situations scabreuses, l'oncle souriait.

— Clara se croit à Noël, dit-il. Le frigidaire est plein à craquer, là-haut ! Mais Noël, c'est dans huit mois.

Fort de son charme, Theo tenta d'amadouer la tante.

— Ah, c'est ça qui sent si bon !

Bree et la tante Clara, prises de court, regardaient les deux hommes.

— Theo a sûrement autre chose à faire.

— Pas du tout. Je me joindrai volontiers à vous… À condition que ma présence vous agrée, mesdames ?

Bree regarda Clara, qui leva les mains en l'air comme si elle ne pouvait faire autrement qu'accepter.

— D'accord, mais attention, hein ! Je ne veux pas de journalistes chez moi. Je les connais ! Ils réussissent toujours à se faufiler. Ce matin, il y en a un qui a voulu faire ami-ami avec moi. Mais je ne suis pas née de la dernière pluie ! Je l'ai éconduit avec perte et fracas !

Ravie de sa prestation, tante Clara alla à la fenêtre.

— Regardez, il n'y a plus personne. Je leur ai fait peur à tous. On ne les verra plus.

Bree ne put s'empêcher de défendre Theo.

— Ce n'est pas vraiment la faute de Theo s'il y a des journalistes à Elmdale, dit-elle.

— Clara, intervint l'oncle, si tu fichais la paix à ce gaillard ! Et puis cette nourriture, là-haut, on ne va pas la laisser perdre ! Alors, aux fourneaux ! Grand et fort comme il est, il doit avoir de l'appétit. Déjà mangé aujourd'hui, mon garçon ?

— Non, rien depuis le petit déjeuner. Je faisais le ménage à côté avant mon départ demain.

— Ah, tu pars ?

Une vague glacée s'abattit sur Bree.

— Oui, répondit simplement Theo.

— Tu retournes à Paris ?

— Oui, via le domaine Ferrington. Je pense y passer deux jours, parler avec mon frère avant mon retour à Paris.

Effondrée mais refusant de montrer sa déception, elle se tut. Dire qu'il était encore là et que son absence, déjà, la terrassait !

L'oncle tapota le dos de Theo.

— Allons-y. Si on traîne, ça va être froid.

— Les femmes d'abord, dit Theo, s'effaçant pour laisser passer Bree.

Il était souriant. Ce dîner avec sa famille aurait pu lui déplaire, il n'en était rien.

— Tu es toujours aussi détendu, Theo ? Comment fais-tu ? lui demanda-t-elle.

L'oncle sortit pour aller rejoindre la tante Clara dans la cuisine.

— Tu es nerveuse pour deux, répondit-il.

— Ce n'est pas très aimable.

— Ne le prends pas mal. Le jour où je t'ai vue pour la première fois, tu défendais bec et ongles le domaine de Flick. Une vraie passionaria. Depuis, je constate que tu es une torche vivante, et je ne m'en plains pas.

Et voilà, il recommençait à flirter. Elle n'allait sûrement pas s'en plaindre, elle non plus. Mais ses jambes la portaient difficilement, et elle avait chaud partout et... Oh ! mon Dieu ! Il se penchait. Il allait prendre ses lèvres.

Elle ferma les yeux une seconde et sentit sa bouche sur la sienne. Et pfitt ! il recula, et elle ne put retenir un gémissement.

— Allons les rejoindre avant que ta tante arrive, dit Theo. Si elle nous surprend encore tous les deux, je ne réponds de rien.

Un vrai dîner en famille.

C'était une première pour Theo. Une première depuis qu'il avait, avec son frère et leur mère, quitté la propriété Ferrington et leur grand-père, un dictateur tortionnaire qui leur avait mené une vie d'enfer.

Aussi loin qu'il remonte, il ne se rappelait pas un seul dîner familial où l'on se parlait gentiment, remettant réprimandes et reproches à plus tard. Enfant, il était tellement habitué aux dîners où son grand-père faisait pleuvoir les punitions qu'il avait fini par associer nourriture et peur.

Jusqu'à ce qu'il arrive à Paris. Là, il s'était lâché. Il avait usé et abusé de sa liberté, s'était perdu dans tout ce que la ville avait à offrir.

Ici, dans la famille de Bree, même sous le regard inquisiteur de tante Clara, il se sentait à l'aise, détendu. Heureux. L'amour régnait en maître, aussi abondant que la nourriture sur la table. Il savait que l'animosité de la tante venait de l'amour qu'elle portait à sa nièce, et uniquement de là. Il en prenait acte, mais cela ne l'éloignerait pas pour autant. Il ne pouvait pas.

Ce n'est pas qu'il n'avait pas essayé. Il voulait laisser de l'air à Bree, il savait qu'elle avait besoin de sa bulle, mais la savoir là, toute proche… Il avait multiplié les incursions dans la boulangerie, les jours passés. Toujours sous prétexte d'acheter pain ou croissants pour la pension, mais c'est son tour de taille qui en avait profité.

La faire venir à Paris était son projet. Si elle acceptait, il aurait un but, et ils auraient du temps à eux, rien qu'à eux. Sans les interférences de la famille, des amis, de la pension, de la boulangerie… Rien qu'eux.

Un break ensemble, puis la séparation, et la vie reprendrait son cours, comme avant.

— Ça doit vous soulager que la presse soit partie, dit l'oncle. Nous, on en a bien profité. On n'a même pas suffi à la demande.

— Je suis désolé du remue-ménage que nous avons causé en venant ici, répondit Theo. Ce n'était pas dans notre intention.

Il piqua un petit morceau de viande dans son assiette et le porta à sa bouche. C'était du blanc de dinde.

— C'est délicieux, dit-il.

Enfin, tante Clara esquissa un sourire. Pour la première fois, il faisait quelque chose de bien à ses yeux.

— Oui, mais vous êtes revenus. Pour Felicity c'est ce

qui pouvait arriver de mieux, déclara l'oncle. L'histoire n'est pas finie entre votre frère et elle…

— Je suis d'accord. Je les ai vus ensemble, ils sont radieux. Je n'ai pas vu mon frère aussi heureux depuis longtemps.

Oncle et tante échangèrent un regard, un mini-sourire. Theo espéra ne pas avoir brossé une image idyllique qui dépassait la réalité.

— Bien, qu'avez-vous l'intention de faire maintenant ? l'interrogea tante Clara en le regardant méchamment. Quand il sera construit, votre complexe, vous allez partir et nous laisser ramasser les miettes…

— Clara ! Voyons ! dit l'oncle, gêné.

— Eh bien, quoi ? C'est la vérité !

— Je sais qu'on s'inquiète de notre projet à Elmdale et je comprends, mais son impact sera très positif. Il va apporter de l'argent, redorer le blason de ce village, attirer davantage de visiteurs. Vous venez d'avoir un aperçu de ce que ça peut donner. Ce sera ça, multiplié par cent.

— Ce n'est pas l'argent qui nous soucie, jeune homme.

Tante Clara n'était pas contente. On aurait dit une poule prête à ouvrir ses ailes pour protéger sa couvée. Ce n'étaient ni le village ni le futur complexe qui l'inquiétaient, c'étaient Felicity et Bree et les risques que son frère et lui faisaient courir à leur bonheur.

Mal à l'aise, il remua sur sa chaise. Que répondre sans se déjuger ?

— Il n'a pas tort, dit l'oncle, volant à son secours. On n'a jamais gagné autant que cette semaine. On est tranquilles pour des mois.

Vexée de n'être pas soutenue, Clara prit son verre de vin sans quitter Theo des yeux.

— D'accord, je retiens du positif dans votre affaire, mais avez-vous songé aux conséquences possibles ? Cette pauvre fille a perdu sa grand-mère, élevé toute seule sa fille, et maintenant quoi ? Dieu seul sait quelles promesses il est en train de lui faire. Et qui dit qu'il les tiendra ? Il a bien été capable de disparaître sans laisser d'adresse. Désolée de vous le rappeler.

Désolé, lui aussi l'était, mais il n'était pas responsable de tous les malheurs du monde. Que s'imaginait-elle ? Qu'il allait tourneboulor Bree, lui raconter une flopée de bobards pour arriver à ses fins et la laisser ensuite en plan, le cœur à l'envers ?

Il commença à se sentir vraiment mal à l'aise et chercha Bree du regard. Était-elle du même avis que sa tante ?

— Tante Clara, ce qui est arrivé entre Felicity et Sebastian ne nous regarde pas. Je pense qu'en ce moment il fait tout ce qu'il peut pour elle et pour Angel. Pas de jugement hâtif, d'accord ?

L'air gêné, elle regarda Theo, qui semblait contrarié.

— Mon frère est un homme responsable. Il s'occupera d'elles. Ça, je peux vous l'assurer.

— Je ne suis pas inquiet, dit l'oncle. Crois-moi, Clara, elles vont connaître des jours meilleurs à l'avenir. Maintenant, mangeons, sinon ce sera vraiment Noël avant qu'on en soit au dessert.

L'oncle se mettait en quatre pour détendre l'atmosphère, et Theo s'efforça de rire. La tante l'avait mis sur des charbons ardents. Mais Bree… ?

Les yeux brillants, les joues roses, elle essayait de sourire. La passe d'armes avec sa tante ne semblait pas l'avoir trop déstabilisée.

Rassuré, soulagé, il souffla.

Mais il attendait toujours son *oui* pour Paris.

Après les mises en garde de tante Clara, il était encore moins sûr de la réponse. Mais il ne supportait plus d'attendre. Une fois qu'ils furent seuls dans la petite cuisine de l'appartement, il se décida.

— Alors, tu m'accompagnes ?

Elle se retourna.

— Je ne sais pas encore.

— Qu'est-ce qui te fait hésiter, Bree ?

Elle lui mit un torchon et une assiette dans les mains.

— Tu veux bien essuyer ?

— Je ne comprends pas. Tu as des vacances à prendre. Les journalistes, pour la plupart, sont partis. Si je m'en vais, les derniers me suivront, et la boulangerie pourra se passer de toi.

Elle hésita.

— Ça ne te fait pas bizarre que nous partions ensemble alors que nous ne sommes pas… tu vois ce que je veux dire ?

Ils tendirent l'oreille. Non, l'oncle et la tante Clara, en grande conversation dans le salon, ne leur prêtaient aucune attention.

Il lui remit une mèche de cheveux derrière l'oreille.

— On peut être amis, Bree. Partir en vacances ensemble, en amis, et ensuite… Nous verrons bien !

Elle rit. Il adorait son rire. Il adorait son sourire. Les deux lui avaient tellement manqué, depuis deux semaines.

— Ce ne seront pas des vacances pour toi, puisque tu vis là-bas.

— Ce sera différent parce que ce sera avec toi. Je verrai tout avec tes yeux de touriste !

Elle scruta son visage.

— S'il te plaît, Bree. La vie est trop courte pour qu'on la vive pour les autres.

— Je ne vois pas ce que tu veux dire.

— Si. C'est ce que tu as fait avec ton ex, c'est ce que

tu fais ici en aidant ta famille et Felicity, en veillant à ce que tout le monde soit heureux.

— C'est mal ?

— Oui, si tu te prives de ce que tu désires. Il faut que ce soit équilibré.

— Et toi ? Tu trouves ta vie équilibrée ?

Il eut l'impression de recevoir un uppercut dans le torse. Un point pour elle !

— Il n'est pas question de moi, Bree, mais de toi. Viens à Paris, visite cette ville qui te fait rêver. Laisse-moi t'offrir cette joie. Fais-le pour toi, pour personne d'autre.

— Pas plutôt pour toi ? demanda-t-elle en riant.

Elle lui donna une bourrade sur l'épaule.

— D'accord, pour moi aussi.

Pourquoi lui laisser croire le contraire quand, il en était sûr maintenant, elle comptait plus que tout pour lui. Elle comptait tellement qu'il ne pouvait pas partir en l'abandonnant, là, se sacrifiant en permanence pour les autres.

— D'accord.

Il s'y attendait tellement peu ! Incrédule, il répéta :

— D'accord ?

— Oui, je vais venir.

Elle sourit. Ses yeux brillaient. Elle semblait très heureuse.

Il sentit une vague de chaleur le submerger et se pencha pour prendre ses lèvres, mais elle le repoussa doucement.

— Mais à une condition. Que tu ne te mettes pas en permanence dans l'ombre de ton frère.

Il éclata de rire.

— Tu sais, ce n'est pas lui, c'est moi qui suis sous le feu des projecteurs.

— Ce n'est pas ce que je veux dire, l'interrompit-elle. Tu as l'air de penser qu'il vaut mieux que toi.

Il plaça les mains sur ses hanches moulées dans son jean.

— Oui, il vaut mieux que moi. Il m'a sauvé. Sans

lui je serais parti à la dérive. Il m'a remis sur les rails. Intelligemment.

Brusquement, l'air devint pesant, presque irrespirable, comme si cet échange rouvrait une plaie. Une blessure qui, effectivement, n'avait jamais cicatrisé.

— D'accord, sans lui tu serais une épave. J'ai compris. Inutile de me le répéter.

Elle haussa les épaules en souriant. Un sourire gentil, sincère, qui lui alla droit au cœur.

— Excuse-moi, Bree, mais tu es à côté de la plaque.

Intriguée, elle alla vers lui et lui passa les bras autour du cou. Machinalement, elle lui caressa la nuque, joua avec ses cheveux. Il adorait cela. Elle aussi. Ce contact, cette douceur, cette intimité, c'était délicieux.

— Arrête avec ça, Theo. C'est du passé, maintenant. Tu t'es largement racheté. Tu es quelqu'un de bien. Mets-toi dans la tête qu'aujourd'hui tu vaux tous les jours ton frère.

— Tu es mal renseignée ! Tous les journaux l'écrivent, je n'ai pas qu'un bon côté.

Cette conversation devait en rester là. Il voulait qu'elle s'arrête. Il voulait embrasser Bree, oublier dans des baisers la boue qu'elle avait remuée.

Elle était la seule à s'intéresser vraiment à lui, la seule à l'écouter vraiment, la seule à avoir creusé pour savoir quel homme se cachait sous son apparente désinvolture. La seule à qui il se soit sincèrement confié. À part Sebastian, évidemment. Mais son frère, c'était différent. Il avait toujours été là, il avait tout suivi, ce qui n'était pas le cas de Bree.

— Merci, mais je n'ai pas besoin de psy.

— Je n'ai pas dit ça.

— Non, mais tu l'as pensé. Maintenant, ça va. J'ai travaillé sur moi et…

Il balaya l'air devant lui.

— … et chassé mes démons.

— C'est ce que tu dis… Je vois bien qu'ils sont toujours là. Tu en portes la marque.

— Une marque que je mérite !

Il hocha la tête. Elle le sermonnait, mais il n'avait pas envie de cela, il avait envie d'elle. Affreusement envie.

— C'est là que tu te trompes, rétorqua-t-elle. Je vais te le prouver.

Cela commençait à l'agacer. Il n'avait pas besoin de ça. Paris, oui. Bree, oui. Un psy, ah non !

— Tu ne me…

Elle l'interrompit d'un baiser sur la bouche. C'était doux, exquis.

— C'est ce qu'on verra !

— Je me suis trompé sur toi, Bree, murmura-t-il contre ses lèvres.

Serrée contre lui, elle ondulait de tout le corps.

— Comment ça ?

— Tu es un démon. Ton pouvoir de persuasion annihile toute ma volonté.

— Si tu le dis. Quand partons-nous ?

— Mardi. Ton oncle et ta tante devront se passer de toi quelques jours seulement.

Elle se mordilla les lèvres, ce qui excita Theo.

— On part combien de temps ?

— Une semaine ?

Elle lui tripotait les cheveux, et cela aussi l'excitait.

— C'est peut-être beaucoup. Cinq nuits. Comme ça, je reprendrai le travail lundi.

— C'est grand, Paris, tu sais. Il y a plein de choses à voir.

— Non, non, insista-t-elle. Cinq nuits. Ce sera assez pour que ma magie opère…

— À ce propos…

Il la plaqua contre le comptoir et l'embrassa, se régalant

de ses gémissements, de ses soupirs, de son souffle haletant, aimant même ses ongles qui lui labouraient le dos comme elle l'étreignait avec une violence redoublée.

Si la magie dont elle parlait était encore plus que cela, alors il était prêt à accéder à toutes ses exigences…

# 10.

— À Sebastian et toi !

Bree fit tinter sa flûte de champagne contre celle de Felicity et s'assit avec elle devant le feu. Il faisait bon dans la pension, et le bar était calme.

C'était lundi, presque une semaine depuis leur conversation au café.

— Je n'arrive pas à y croire, Bree. Il y a quinze jours, je n'aurais pas parié le revoir un jour, et aujourd'hui…

Felicity sourit.

— Aujourd'hui, tu te maries !

Bree lui prit la main et admira la bague qu'elle avait au doigt.

— Il ne s'est pas fichu de toi, Sebastian. Ce saphir est somptueux. Et les brillants qu'il y a autour… Magnifique !

— C'est un bijou de famille. Il échoit aux aînés mâles de la famille depuis des générations. Il est destiné à la femme qu'il épousera.

Elles se turent.

— Ces Ferrington ont une histoire lourde à porter, tu ne trouves pas ?

— Tu veux parler de leurs parents ?

— Du grand-père, aussi.

— Heureusement, c'est du passé. À nous de faire en sorte que ça change. Que le domaine devienne une vraie maison de famille et qu'Angel puisse être fière de ses ancêtres…

Bree sourit.

— C'est vrai, alors ? Il va garder Ferrington comme maison de famille plutôt que de faire construire l'hôtel qu'il envisageait ?

— Oui.

— Je suis heureuse pour toi, Felicity. Et pour Angel. Quand même, ce qui nous arrive est incroyable ! Tu te maries, et moi je suis sur le point de m'envoler pour Paris avec un célibataire sexy et richissime. On a de la chance, non ?

Étonnée, Felicity scruta le visage de son amie.

— Dis-moi, tu ne me cacherais pas quelque chose, par hasard ? Je te trouve une drôle de voix.

Incapable de s'en empêcher, Bree posa les yeux sur Theo, qui choisit cet instant pour se retourner. Regard brûlant, il lui sourit, et Bree se sentit fondre. Le comptoir, les murs, Sebastian, tout disparut. Il n'y eut plus qu'eux. Theo et elle, et un bain de bonheur et d'excitation.

Sebastian continuait de parler sans se rendre compte que son frère ne l'écoutait plus. Theo, subjugué, fixait toute son attention sur Bree.

— Mais si, je sais, dit Felicity, tu es amoureuse de lui. Bien sûr, c'est ça !

Prenant un air dégagé, Bree haussa les épaules.

— Ne dis pas de bêtises ! Ce n'est pas parce que tu nages dans le bonheur avec Sebastian que j'en fais autant avec Theo !

Felicity la dévisagea durement.

— Quoi ? Je sais qu'il ne veut pas s'engager. Il ne veut pas se poser. Je le sais, mais tu es amoureuse, avoue !

— Oui, mais…

— Mais quoi ? Regarde ce qui m'est arrivé. Qui l'aurait cru ?

Felicity jeta un coup d'œil du côté des deux frères, qui bavardaient toujours.

— Rien ne dit que Theo ne pense pas comme toi.

Dubitative, Bree secoua la tête.

— Penses-tu ! De toute manière, je ne veux pas me faire d'illusions, comme ça je ne serai pas déçue.

— N'empêche qu'il t'emmène à Paris. Vous allez dormir ensemble.

— Oui, mais on est bien d'accord. Ensuite, chacun reprend sa vie.

Felicity fit la moue.

— Ce qui veut dire ?

— C'est clair. Il sort avec des filles comme il le souhaite, puisqu'il ne me doit rien. Normal, non ? Il continue sa vie de play-boy, si tu préfères. Disons ça comme ça.

— Il t'a dit ça ?

— Oui, enfin, en quelque sorte.

Felicity fronça les sourcils.

— Vous aviez un peu bu quand il t'a dit ça ?

— Oui, peut-être un peu…

— Tu veux le fond de ma pensée ? Il est amoureux de toi.

Bree resta coite. Et si Felicity avait raison, après tout ? Et si Theo était tombé amoureux d'elle ? Et s'il avait tout simplement peur ?

S'il fonctionnait comme elle, alors, oui, peut-être était-il amoureux.

C'était possible, non ?

— Allez, tu vas me raconter où vous en êtes vraiment.

Theo détourna son attention de Bree.

— Il n'y a rien à raconter.

— Menteur ! Je vois bien que tu ne la quittes pas des yeux.

Convaincu que Bree et son amie Felicity parlaient de lui, il ne les lâchait pas du regard.

— Écoute, Seb, ce n'est pas parce que tu es confit dans l'amour et la félicité – ce qui est merveilleux, je suis super ravi pour vous – que tu dois nous croire tous dans le même bateau et me cuisiner sur ma relation avec elle. *Circulez, y a rien à voir,* mon vieux.

— Je ne te cuisine pas. Je veux juste que tu me dises la vérité.

Sebastian regarda son frère par-dessus la mousse de sa bière.

— C'est la grande amie de Flick. L'idée que tu t'en ailles et qu'on doive ramasser les morceaux après ton départ ne nous enchante pas.

Theo sentit une bouffée de colère monter en lui.

— Elle sait ce qu'il en est.

— C'est-à-dire ?

— Qu'on prend notre pied, et c'est tout. On s'amuse un max, quoi !

— T'es bien sûr de ça ?

Theo serra son bock plus fort. Son cœur aussi se serra. L'image de sa vie future, sans Bree, n'était pas aussi enthousiasmante que son discours le laissait croire.

— Oui, pourquoi pas ?

Sebastian se tut. Seuls les rires des deux amies et le feu qui craquait dans la cheminée rompaient le silence.

Il reprit :

— Il n'y a pas si longtemps, tu m'as dit que c'était bon de me voir rire de nouveau, Theo. Que mon horizon s'était éclairé et que ça te faisait plaisir.

— C'est vrai, mais je ne vois pas ce que ça a à voir avec Bree et moi.

Il repensa au dîner avec la famille de Bree, à ce qu'il avait ressenti ce soir-là, au plaisir qu'il avait éprouvé dans ce partage.

À la suite de cette soirée, il avait revu son adolescence et la nuit fatale, seize ans plus tôt. Il avait repensé aux répercussions sur la relation de Flick et Sebastian.

À cette époque, il avait mis de côté ses propres démons pour soutenir son frère, parler avec lui des nuits entières et l'aider à se reconstruire.

C'était lui qui avait prodigué les conseils, aidé Sebastian à voir les bons côtés de sa personnalité. Il lui avait dit de regarder l'avenir au lieu de camper sur le passé, qui l'empêchait d'envisager un avenir avec Flick.

Aujourd'hui, ils avaient retrouvé la joie d'être ensemble. Il avait joué sa part dans leur réconciliation, dans la bague que Felicity portait désormais au doigt. Peut-être sortait-il enfin de l'ombre de son frère ? Peut-être Bree avait-elle eu raison de le brusquer un peu ?

— Je dois avouer que j'ai été surpris de te voir jouer les grands frères avec moi. Je ne t'avais jamais vu aussi sérieux. Tu m'as entouré, conseillé, guidé, aidé. Bref, tu as été formidable. Grâce à toi…

— Oh là là, n'en jetez plus ! Je croule sous les compliments aujourd'hui. Je ne suis pas habitué !

— Tu sais très bien ce que je veux dire, Theo. Tu as changé. Et quelque chose me dit que Bree n'y est pas étrangère. C'est la personne qu'il te faut.

Theo ricana, mais cela tomba à plat. Bree était « la personne » qu'il lui fallait. Prudent, Sebastian n'avait pas dit « la femme ». Elle était positive, encourageante, gentille, compréhensive. Grâce à elle, la carapace de Theo craquait.

— Moque-toi si tu veux, Theo. Mais ce que tu m'as dit, toi aussi tu l'as en toi.

— Quoi ?

— L'étincelle dans les yeux, un avenir heureux à l'horizon, une vie avec une femme…

Theo grommela.

Il ne pouvait pas entendre cela, il ne voulait pas être de nouveau harcelé par son avenir.

S'adossant au bar, il chercha Bree du regard. Ses cheveux noirs reflétaient l'éclat du feu, ses yeux noirs brillaient aussi, et ce sourire… Rien que ce sourire éclairait le jour.

Il éprouvait quelque chose pour elle, mais elle méritait mieux que lui. Elle méritait un homme qui lui promette le mariage et les enfants dont elle rêvait. Et cet homme, ce n'était pas lui.

Il préféra se détourner avant que l'image d'un avenir qui n'était pas pour lui se précise.

— Écoute, Seb, t'es bien gentil, mais je te jure que ce n'est pas pour moi. Je suis heureux pour Flick et toi – et pour Angel – vraiment, vraiment heureux, mais arrête avec ça. N'essaye pas de …

— Je n'essaye rien. OK, fais comme tu veux, mais ne passe pas à côté de ce qui est bien pour toi sous prétexte que cela s'est mal passé une fois et que tu n'as plus confiance.

Cette fois il ne ricana pas, ne grommela pas. Son cœur, serré, lui faisait presque mal.

— La vérité, Seb, c'est que ce qui m'est arrivé de mieux dans la vie, c'est toi, et je passerai le reste de mes jours à te remercier.

— Theo, s'il te plaît, tu veux bien arrêter ? J'ai fait ce qu'aurait fait n'importe quel frère. Et voilà des années que tu compenses pour ce qui s'est passé. Ça suffit maintenant. Tu en as assez fait. Tu dois t'en rendre compte.

— Non. Je suis le loser, le trouble-fête, et tu seras toujours le saint, mon cher frère. Que tu le veuilles ou pas, je n'en démordrai pas.

— Comme tu veux.

Ils étaient deux sur son dos maintenant, Bree et lui ! C'était horripilant.

Il avala sa bière. Il rêvait de chaleur, de cette chaleur que seule Bree pouvait lui apporter. Mais qu'il ne méritait pas.

À moins que… Avaient-ils tous les deux raison, Bree et Seb ? Était-ce lui qui, aveuglé par son désastreux passé, raisonnait mal ?

— Je t'aime, petit frère…

Sebastian ne lâchait pas prise.

— Et il est plus que temps que tu t'aimes aussi.

# 11.

Bree se fatiguait elle-même, elle parlait trop. Il fallait qu'elle apprenne à se taire. Mais quand tout, autour d'elle, l'émerveillait, elle avait tendance à oublier.

En entrant dans le jet privé de Theo, elle avait changé de monde. Elle était entrée dans un univers de luxe, celui de Theo. Jet privé, limousine avec chauffeur…

— J'aurais pu prendre le volant, avait-il dit, mais comme ça je peux t'accorder toute l'attention que tu mérites.

Ils avaient fait deux fois le tour de l'Arc de Triomphe, pour qu'elle voie bien l'un des monuments les plus célèbres de Paris.

— Nous reviendrons, lui avait-il promis.

Pour l'heure ils étaient chez lui, dans son appartement. Le luxe continuait. Des meubles anciens et des pièces contemporaines, des tableaux de maître, du verre, du marbre, de l'acier. Cela ne ressemblait pas à Theo, c'était pourtant chez lui.

— C'est époustouflant, avait-elle dit dès l'entrée. La vue est saisissante !

Le jardin suspendu avec piscine avait la tour Eiffel pour toile de fond. Elle était tout illuminée et semblait monter jusqu'au ciel. C'était magique. Encore plus fabuleux que ce qu'elle avait imaginé. Et romantique à souhait.

Elle s'approcha de la baie vitrée.

— Je t'avais promis cette vue, lui rappela Theo.

Elle sentit qu'il venait se placer derrière elle, mais ne se retourna pas. Elle ne voulait pas faire étalage de son trouble. Personne ne lui avait jamais rien offert de pareil.

— Ce n'est pas tout, dit-il, la prenant par la taille.

Machinalement, elle bascula en arrière, contre son torse et, les yeux fermés, lui offrit son visage pour qu'il l'embrasse.

— Je commence à regretter d'avoir réservé une table pour le dîner, dit-il.

— On peut annuler.

— Ah non ! Nous n'avons que cinq soirées ici. On va en profiter au maximum.

Le programme des jours suivants fut très chargé. Theo emmena Bree au Louvre, au Sacré-Cœur, trouva un moyen pour qu'elle jette un coup d'œil à l'intérieur de la cathédrale Notre-Dame ravagée par le feu, où des artisans œuvraient à la restauration. Ils firent le tour de la place de la Concorde avec son obélisque égyptien. Ils descendirent les Champs-Élysées et s'arrêtèrent prendre un verre à la terrasse d'un café. Là, une journaliste reconnut Theo, qui lui présenta Bree comme une amie. La journaliste demanda l'autorisation d'écrire un article sur elle, à quoi il répondit que tant que cela ne dérangeait pas Bree, lui-même s'en moquait.

C'était leur dernière soirée ensemble. Le lendemain, elle repartirait pour Elmdale, elle retrouverait sa vie, et Theo… Oui, Theo, que ferait-il ?

Elle ne lui avait pas posé la question. Et il n'avait pas dit un mot à ce sujet.

Elle allait devoir le lui demander. Elle avait besoin de savoir à quoi ressemblerait le lendemain. En resteraient-ils là ? Serait-ce la fin ?

Un coup léger frappé à la porte la fit se retourner.

— Entrez.

Une belle blonde pénétra dans la pièce. Maquillage, coiffure, elle était impeccable.

— Mademoiselle Johansson, M. Dubois me charge de prendre soin de vous, ce soir.

Bree fronça les sourcils.

— Si cela vous agrée.

Son téléphone vibra.

C'était justement un message de lui.

Courtney fait des merveilles, et tu mérites ce qu'il y a de mieux. J'espère que tu aimeras les soins qu'elle te prodiguera. J'ai à faire pour l'instant, je passe te prendre à 8 heures. T xx

Elle sourit à Courtney et pensa *pourquoi pas ?* Elle pouvait accepter. Cela n'engageait à rien.

— Voilà, je suis à vous.

La femme fit signe à quelqu'un derrière la porte entrouverte, et une équipe entière déferla, avec un choix de robes sur un portant. Suivaient une coiffeuse roulante et une quantité impressionnante de sacs et de mallettes.

Interdite, presque affolée, Bree resta bouche bée.

— Ne vous inquiétez pas, dit la femme blonde avec un sourire qui adoucit la froideur de son regard bleu acier, je ne suis pas aussi effrayante que j'en ai l'air. Je suis là pour vous, pour satisfaire vos désirs en matière de beauté.

Subjuguée par l'équipe qui déployait la panoplie de la parfaite esthéticienne, Bree opina.

— Mais, pour commencer, une coupe de champagne.

Comme par magie, une table roulante apparut chargée de coupes et d'une bouteille de champagne dans un seau à glace.

— Oui, répondit Bree timidement.

Quinze jours. Il avait suffi de quinze jours pour que Theo

bouleverse son monde. Comment, à l'avenir, pourrait-elle revenir à sa vie d'avant, à une vie sans lui, maintenant que son cœur connaissait le bonheur de la plénitude ?

Un verre de whisky dans une main, son portable dans l'autre, Theo lisait la réponse toute simple de Bree.

Merci xx

Il avait réglé ses affaires plus tôt que prévu, mais au lieu de rentrer directement il s'était arrêté dans un bar, histoire de faire le ménage dans sa tête.

Voir Bree découvrir Paris l'avait ravi. Elle était comme une enfant, émerveillée par tout. Tanya, au contraire, était blasée. Bree n'avait décidément rien à voir avec Tanya. Avec personne d'autre, d'ailleurs. Elle était elle-même, et il n'était pas disposé à lui dire au revoir. Demain.

Les paroles de son frère lui trottaient dans la tête.

*« Ne passe pas à côté de ce qui t'arrive, à cause du passé et de ta conviction que tu n'es pas un type bien. »*

Mais elle était trop bien pour lui, non ?

Ou alors son frère avait-il raison ? Et Bree aussi ?

Elle lui avait dit qu'il était quelqu'un de bien.

Pouvait-il y avoir une entente entre eux ? Pour de vrai. Pas sur du court terme.

Il reposa son verre. Non, il n'était pas disposé à sortir de cette relation. D'ailleurs, pourquoi en sortir ? Personne ne lui imposait ce départ.

Cela ne faisait pas un mois. Sebastian et Flick avaient décidé de se marier en moins de trois semaines. Mais, eux, ils partageaient un passé et une enfant.

C'était différent.

Bree ne lui avait rien demandé. C'était à lui de proposer quelque chose, de s'organiser pour qu'ils puissent continuer à se voir jusqu'à ce que… Jusqu'à ce qu'elle croise quelqu'un avec qui elle aurait envie de faire sa vie. Quelqu'un qui lui offrirait le mariage et des enfants, toutes choses qu'il ne pouvait pas lui donner et qu'elle désirait ardemment.

Il prit sa veste et se dirigea vers la sortie.

Ce soir, il allait agir.

Quand il arriva au dernier étage, les portes de l'ascenseur coulissèrent doucement. Theo resta coi. Bree était là, au milieu du salon, avec la tour Eiffel qui clignotait en toile de fond. Elle était sublime. Un fourreau rouge, long, sans bretelles, moulait sa divine silhouette. Une fente coquine laissait voir une de ses cuisses.

Excité, il retint son souffle.

Elle était juchée sur des talons aiguilles lamés or d'au moins douze centimètres. Ses cheveux étaient roulés en chignon, haut sur la tête, et des mèches libres et bouclées encadraient son visage, caressant ses épaules nues. Un maquillage léger soulignait ses pommettes hautes, sa bouche gourmande, tous ses traits qu'il adorait.

— Bree…, dit-il dans un souffle.

Elle l'entendit à peine. Comment avait-il pu se satisfaire d'une vie sans elle ? Comment pouvait-il la laisser partir le lendemain sans savoir s'il la reverrait un jour ?

— C'est trop ? demanda-t-elle d'une voix hésitante.

Elle tâta son chignon.

Mon Dieu, qu'elle était belle et désirable ! Une envie le prit. L'emmener et la cacher pour l'avoir toute à lui. Rien qu'à lui.

— Tu commences à m'inquiéter, dit-elle. Je peux changer, ce n'est pas…

— Non !

Il s'élança, mais ses yeux écarquillés l'arrêtèrent.

— Tu es… tu es… Bree, tu es éblouissante.

Un sourire amusé étira ses lèvres rouge cerise.

— On dirait que tu as vu un fantôme, fit-elle, moqueuse.

— Pas du tout, mais tu es si… magnifique que j'en suis presque sans voix.

— Courtney s'est surpassée, je crois.

— Non, Bree. C'est toi qui es belle.

Elle voulut le contredire, mais il secoua la tête.

— Accepte le compliment. Il est sincère.

— Tu aimes, alors ?

Non, il adorait et le lui dit.

— Tu ne t'approches pas ?

Il avait des semelles de plomb, comme si avancer était franchir une ligne interdite.

— Ta mère ne t'a pas appris qu'on ne fait jamais attendre une femme ? demanda-t-elle, légère.

Alors il attrapa sa main et l'attira à lui.

— Je n'ose pas toucher tes cheveux. Ni ta robe. Ni ton visage.

Elle le nargua.

— Bah, c'est pas drôle alors !

Il rit, prit ses lèvres sous les siennes et sentit aussitôt son corps réagir. Était-ce là ce qui l'attendait, tous les jours, s'ils continuaient à deux ?

Était-ce ce sentiment qui avait rendu le sourire à son frère ? Fait briller ses yeux ?

Pouvait-il connaître cela, lui aussi ?

Bree recula et reprit son souffle.

— Tu ne disais pas qu'on devait partir à 8 heures ?

Il grimaça.

Elle hocha la tête, faisant danser des boucles autour de son visage. Il avança la main, en enroula une autour de son doigt et la lâcha.

— Bien. Inutile de faire attendre le restaurant.

Elle passa devant lui en le frôlant et prit sa main. Et ils sortirent. Il ne s'était jamais senti aussi heureux.

À cette minute, il le savait, il était capable de la suivre au bout du monde pour que ce sentiment dure toujours.

# 12.

Bree ne se reconnaissait pas. Elle se sentait belle. Courtney avait fait des merveilles, ce n'était pas elle, cette femme incroyable ! Sa peau était lumineuse, sa coiffure et son maquillage très réussis. Theo n'avait pas eu besoin de la complimenter, l'expression de son visage avait suffi.

Comme il l'aidait à descendre de voiture, il se sentit submergé par un flot de pensées libertines. Mais elle frissonna.

— Tu as froid ? demanda-t-il, inquiet.

Elle se raidit, mais laissa la main dans la sienne.

— Non, c'est ton regard qui me fait trembler. Tu es sûr que c'est d'un dîner que tu as envie ?

Ses frissons redoublèrent. Elle ne savait pas ce qu'il avait réellement en tête, mais elle…

L'embrasser. Prendre sa bouche, revenir avec lui en voiture jusqu'à l'appartement et, tout de suite, gagner son lit. C'était cela qu'elle désirait, bien plus que la visite des plus beaux monuments de Paris.

Il était trop séduisant dans sa veste noire cintrée et ce pantalon serré aux hanches, qui ne cachait rien de sa virilité. Sa chemise blanche, ouverte au col, était un pousse-au-crime. Comment résister à l'envie d'y plonger la main, de se perdre sous le duvet de son torse ? Il s'était plaqué les cheveux en arrière, mais une mèche rebelle refusait de se laisser apprivoiser et retombait, infatigable, sur ses yeux.

— Tu as faim, toi ? demanda-t-elle, avec le secret espoir que…

— Je serais capable de dévorer…

Laissant sa phrase en suspens, il attrapa le manteau de Bree sur la banquette arrière de la voiture et le lui posa sur les épaules. Puis, lui reprenant la main, il l'emmena dans une ruelle improbable.

— Je passe par là pour éviter les regards indiscrets.

Ils parcoururent encore cent mètres, et il poussa une porte qui donnait sur un couloir étroit, sombre et peu engageant.

— Où m'emmènes-tu, Theo ?

— Tu vas voir.

Un homme apparut – grand, beau, souriant. Avec sa chemise blanche et son pantalon noir, il avait l'allure d'un serveur.

— Ah, monsieur Dubois ! Quel plaisir de vous revoir ! Comment allez-vous ?

Ils se serrèrent la main.

— Et vous, Émile ? Comment allez-vous ?

— Mieux depuis que je vous vois ! Ça fait longtemps… Et qui est cette jeune personne ?

— Émile, je vous présente Bree. Bree, Émile.

Se tournant vers Bree, Theo continua les présentations.

— Je connais Émile et sa famille depuis toujours. Ses parents m'ont offert mon premier emploi dans leurs cuisines.

— Et maintenant il dîne à nos tables.

Il se pencha vers Bree et lui fit un baisemain.

— Ravi de vous connaître, mademoiselle.

— Ravie de vous connaître, monsieur.

L'homme lui décocha un clin d'œil qui la fit rougir.

— Allez, je vous emmène, votre table est prête.

Ils longèrent un couloir, passèrent une porte à double battant, puis sous une voûte et débouchèrent dans une petite salle à manger où quelques tables dressées attendaient les convives. C'était raffiné et intime, avec une rose et un bougeoir sur chaque table.

Pour l'instant, ils étaient seuls.

— C'est très joli.

Theo lui serra la main.

— C'est un endroit confidentiel. Un secret bien gardé.

— Il n'y aura personne d'autre ?

— Non, ce soir vous êtes seuls. Je lui dois bien ça, expliqua Émile, qui lui présenta une chaise.

Elle s'assit. Elle sentait les yeux de Theo posés sur elle. Quelque chose se passait, quelque chose qu'elle ne parvenait pas à définir. Elle le voyait à son regard, à l'atmosphère qui régnait entre eux.

Ce n'était pas que du désir, il y avait autre chose, de plus profond, de plus possessif, comme si elle lui appartenait. Comme si elle était à lui.

Justement, elle voulait être à lui.

Elle ne voulait pas partir le lendemain.

Mais la vie, la vie réelle, l'appelait – la boulangerie, son travail, sa famille. Cela ne lui suffisait plus, elle voulait Theo. Elle voulait qu'il y trouve sa place. Parce que cela ne faisait plus aucun doute maintenant, elle était amoureuse de Theo Dubois et elle le voulait à elle.

— Qu'y a-t-il ?

Bree prit son verre et but un peu d'eau.

— Je me demandais ce qu'Émile te doit.

— Ah ! sa fiancée est une naïade. Émile voulait la demander en mariage au milieu de l'océan, alors je lui ai proposé mon yacht, puisque je ne m'en servais pas. Ils sont partis quinze jours en mer.

Le sommelier arrivait avec le vin que Theo avait choisi et emplit leurs verres.

— À notre escapade à Paris ! dit Theo, levant son verre. J'espère que tout se passe comme tu l'espérais.

— Mieux que je l'espérais, dit-elle. Merci, Theo, merci pour tout.

— Ne me remercie pas. Grâce à toi, j'ai vu Paris avec d'autres yeux. Quand on vit quelque part, on finit par ne plus voir ce qui nous entoure.

Ils burent leur vin sans se quitter des yeux. Pourquoi avait-il l'impression qu'elle voulait lui dire quelque chose ? Ou était-ce lui qui avait envie de lui dire de rester ?

Vivre avec elle était facile. Tout lui plaisait, les monuments, la nourriture, les gens… Elle était enthousiaste et souriait à tout. C'était un vrai bonheur. Il avait visité Paris avec elle sans s'arrêter une seconde… Pour ne pas penser à l'avenir. L'avenir sans elle ne lui souriait pas, mais il ne pouvait rien y faire.

— Tu dois vraiment partir demain ?

— Oui, Theo. Je dois retourner à la boulangerie.

— Mais tu ne travailles jamais le mardi. Ça ne fera qu'une journée sans toi. Ils doivent pouvoir y arriver. Je suis certain que, si on lui demande, Felicity sera d'accord.

Un sourire illumina son visage.

— Tu ne veux pas que je parte ?

— À ton avis ? Tu lis dans mes pensées, d'habitude.

Elle chercha son regard.

— J'adorerais rester, mais je dois retourner à ma vie d'avant. Je ne peux pas vivre éternellement dans ton monde, je vais avoir envie d'y rester ! Ce n'est souhaitable ni pour toi ni pour moi.

— Pourquoi ?

— Parce qu'on a des envies différentes.

Elle l'énonça lentement, comme si elle doutait de ce qu'elle avançait.

— C'est toi qui le dis, Bree. Moi, je sais que lorsque je suis avec toi je n'ai pas envie d'être sans toi.

Elle se passa la langue sur les lèvres.

— Oui, mais à l'avenir ?

— Faut-il absolument parler de l'avenir ? Profitons du moment présent.

Elle eut un soupir de déception, mais insista :

— Tu voudras me revoir ?

— Si je te le demandais, tu dirais oui ?

— Difficile de te dire non.

Elle but un peu de vin.

— Amusant, je pourrais te faire la même réponse.

Ils se sourirent. Leurs pensées se rejoignaient sûrement. Mais elle n'avait dit ni oui ni non.

Émile et sa brigade revenaient avec les plats. Entrée, plat de résistance, dessert, des merveilles de raffinement.

Aux anges, Bree ne boudait pas son plaisir. Elle se régalait. Et Theo se délectait de la voir : elle se léchait les lèvres avec gourmandise comme une gamine émerveillée par ce qui lui arrive.

— Ça te plaît ? demanda-t-il.

— Oui. Pourquoi ? Ça se voit ?

Il ne put s'empêcher de rire.

— C'est un plaisir de dîner avec quelqu'un comme toi, qui ne chipote pas mais dévore.

Elle posa ses couverts.

— Excuse-moi, je me tiens mal ! Je n'y peux rien. Devant quelque chose de bon, je n'ai aucune volonté.

— Ne t'excuse pas. Si tu veux, nous ferons une grande promenade le long du fleuve après dîner.

— Je crois que ça s'impose, répondit-elle en riant.

Ils finirent les mignardises, burent un café et se levèrent

pour partir. Émile les raccompagna à la porte, où Bree le félicita pour son soufflé au chocolat.

— Comment faites-vous pour qu'il ne retombe pas ? lui demanda-t-elle.

Flatté, Émile se lança dans une explication minutieuse de sa recette et de son *truc* pour la réussir à tous les coups.

Theo trépignait.

— Bien, dit-il soudain, interrompant le chef. Allons-y.

Émile le regarda, interloqué, puis apporta le manteau de Bree.

— Merci pour ce délicieux dîner, murmura-t-elle.

Et ils sortirent.

— C'était un régal, dit-elle à Theo.

— Et ce n'est pas fini…

Il l'embrassa. Elle sentait bon le chocolat chaud. C'était sensuel à souhait…

Une promenade lui semblait soudain la pire des idées.

— Tu es sûre que tu veux marcher ? demanda-t-il.

Repousser le moment de se rejoindre, corps contre corps, lui parut brusquement insurmontable.

— Absolument.

Résigné, il lui prit le bras.

— En ce cas, allons-y avant que je te persuade du contraire. Je suis doué, comme tu sais, plaisanta-t-il.

— Je sais. J'ai passé la semaine la plus formidable de ma vie.

— Vraiment ?

Il la regarda et, aussitôt, une vague de bonheur déferla en lui.

— Il ne faut pas que ça te monte à la tête, Theo.

Il hésita, se tut un instant.

— Bree, reprit-il.

— Oui, Theo.

— Je suis obsédé par la fin de notre escapade. Je te l'ai déjà dit, je voudrais qu'elle ne s'arrête pas.

Elle baissa la tête, et ils reprirent leur marche, chacun perdu dans ses pensées.

— Je vivais à deux cents à l'heure jusqu'à ce que je te rencontre. Tout le temps à l'affût d'une nouvelle affaire, d'un coup à faire. Avec toi, j'ai pris le temps d'exister. Confectionner des gâteaux, surveiller Becca, m'occuper de la pension ou faire du tourisme dans Paris, je n'ai jamais été aussi présent.

Il rit, comme pour se moquer de lui-même.

— Ça n'a pas de sens, si ?

Elle s'arrêta. Ils étaient sur le pont Alexandre III. Au loin, la tour Eiffel clignotait. Les réverbères des bords de Seine se reflétaient dans le fleuve, et il y avait Bree, son visage auréolé de la lumière douce des lampadaires qui éclairaient le pont.

— Mais si, ça a un sens.

Elle posa les mains sur son torse et le regarda. Ils étaient sur le pont le plus romantique de Paris, et la magie était là.

— Je suis heureuse si j'ai pu te donner ça, murmura-t-elle.

Il l'entoura de ses bras et la serra contre lui.

— Moi aussi.

Il baissait la tête pour prendre ses lèvres quand une voix les surprit.

— Theo !

Il s'écarta, une femme était à quelques mètres d'eux.

Mon Dieu… Non !

# 13.

Bree rouvrit les yeux. Theo regardait la femme qui l'avait interpellé comme s'il avait vu un fantôme. Il se passa la main dans les cheveux.

— Tanya !

Bree avait tout de suite compris. La blonde sculpturale paraissait tout droit échappée d'un magazine de mode. L'homme qui la tenait par le bras, aussi.

Bree se raidit mais ne dit rien, laissant la femme la balayer du regard en ricanant. Incrédule, elle passait de Theo à Bree, se demandant, de toute évidence, ce qu'il faisait avec une fille comme elle.

Nouveau ricanement, et elle s'avança.

— Étonnant ! Te revoilà déjà à Paris, dit-elle en posant la main sur l'épaule de Theo.

Se penchant vers lui, elle l'embrassa.

— Et qui est cette délicieuse personne ?

— Moi ? Je suis Bree.

— Ah, *Breee*. Quel prénom charmant ! Tu ne trouves pas, Jonas ?

Elle se tourna vers son homme, dont le sourire semblait plus sincère.

— Oui, oui, charmant. Absolument.

— C'est anglais, j'imagine ? reprit Tanya.

Bree opina et posa la main sur le torse de Theo.

— C'est la première fois que je viens à Paris. Theo a la gentillesse de me faire visiter.

— Bien sûr ! Paris n'a pas de secret pour le célèbre Theo Dubois.

La blonde explosive le dévorait des yeux.

— Je ne pensais pas te revoir si vite, fit-elle.

Son regard passait de Theo à Bree.

— Ni en si heureuse compagnie. Bien, il faut qu'on y aille. On a des places de théâtre, mieux vaut ne pas arriver en retard. N'est-ce pas, Jonas ?

Sans attendre la réponse, elle partit en laissant une traînée de parfum derrière elle.

Bree resserra son manteau.

— Ça va, Theo ?

— Je n'ai jamais été aussi bien. Grâce à toi, je sais vraiment qui est ce personnage. À l'avenir, je ne me laisserai plus fasciner par le glamour, les longues jambes, le strass et les paillettes !

Il reprit Bree dans ses bras et l'étreignit.

Les mains dans ses cheveux, elle le serra très fort.

— Je comprends pourquoi la presse n'a pas écrit une ligne sur nous. Je n'intéresse personne.

— Ne dis pas ça. Tu es tellement mieux, Bree, tellement.

— Je me moque de ce que pense la presse, Theo. Toi aussi, je crois.

Il posa le front contre le sien et, indifférent aux badauds qui les regardaient en souriant, l'embrassa à en perdre le souffle.

— Si on regagnait nos pénates ? dit-il.

*« Nos pénates ? »* Comme si elle était chez elle ?

Non, il ne fallait pas rêver.

Contrairement aux craintes de Bree, croiser Tanya n'avait pas bouleversé Theo. Il ne ressentait plus rien pour elle, que de la tristesse et de la colère. D'une certaine façon, elle lui faisait pitié. Cependant, il se sentait une part de responsabilité dans le gâchis qu'avait été leur relation.

— Je te sers quelque chose à boire ?

Était-ce vraiment sa voix ? Si stressée ? Si rauque ?

— Je préférerais que tu…

Elle s'approcha de lui, lui caressa les épaules.

— Si tu es d'accord ?

— J'en suis ravi.

Il l'embrassa et, la bouche contre la sienne, la libérant déjà de ses vêtements, l'emmena dans sa chambre.

— Tu n'as jamais dit oui.

— Pardon ? murmura-t-elle.

Il lui embrassait le cou, derrière l'oreille – un point sensible à l'extrême. Elle aimait ça et elle gémissait.

Elle bascula la tête en arrière pour lui offrir sa gorge.

— Tu n'as jamais dit si tu souhaites qu'on se revoie.

Occupée à le déshabiller, elle n'écoutait plus.

— Ah oui…

Il empoigna ses cuisses et les serra autour de sa taille.

— C'est ce que tu veux ?

Elle avait le souffle court, elle haletait presque.

— Je suis tellement bien, Bree. Si tu savais comme c'est bon…

Il ferma les yeux et fit courir les mains sur son dos. Sebastian lui avait dit qu'il méritait tout cela. Bree aussi le lui avait dit.

Il la déposa sur le lit.

— Je ne sais pas ce que j'ai fait pour mériter ça, Bree. Pour te mériter…

— J'aimerais croire que je t'ai enlevé tes œillères et que tu te vois comme tu es.

Elle se redressa, lissa les rides qui barraient subitement son front.

— Maintenant, arrête de t'interroger et fais-moi l'amour. Parce que je suis à toi, Theo, tu m'as toute à toi.

Il se noya dans ses baisers, dans ses paroles, dans ses gémissements… Il se noya en elle, dans son corps, dans sa tête, dans son âme. Un avenir nouveau s'ouvrait, empli de possibilités. Les possibilités dont Tanya s'était moquée et qu'elle avait balayées par un mensonge.

Mais Tanya était totalement hors jeu maintenant.

Bree n'était pas Tanya, et ce qu'ils partageaient était très différent. C'était pur, sincère, exceptionnel.

Était-ce ce dont son frère faisait l'expérience avec Felicity ? Était-ce cela, aimer ?

La réponse, d'un poids écrasant, tomba et, curieusement, lui fit le cœur léger. Il était amoureux de Bree. Il l'aimait tant que l'avenir sans elle serait sans couleur, sans saveur, sans chaleur. Sans vie.

— Tu m'as tout à toi, Bree.

La gorge nouée par l'émotion, la poitrine serrée, il l'embrassa, la caressa, lui prouvant qu'il l'aimait et désirait faire sa vie avec elle, pour toujours.

# 14.

Bree roula dans le lit, se vautrant dans la chaleur des souvenirs. Theo s'était montré un amant passionné, en paroles, en gestes, en actes.

Tout cela avait-il existé ? Vraiment ? Était-elle parvenue à gagner le cœur d'un célibataire endurci ?

Elle sourit dans son demi-sommeil et tendit le bras pour le toucher.

*Theo ?*

Sa place était vide. Froide.

Elle ouvrit les yeux. Pas de Theo. Peut-être, pour leur dernier jour à Paris, voulait-il lui apporter le petit déjeuner au lit ?

Peu convaincue, elle se leva, s'étira. Elle avait mal partout, mais ne regrettait rien.

Elle enfila la chemise qu'il portait la veille et partit à sa recherche.

Il était dans le salon, devant la fenêtre, son portable à l'oreille. Avec son pantalon bas sur les hanches et son T-shirt moulant, il était immensément désirable. Comment, à 9 heures du matin, pouvait-elle avoir autant envie de lui ? C'était un magicien, un démon. C'était insensé.

— Foutez-les dehors. Je veux être parti d'ici une heure. Préparez le jet. Je veux une voiture ici…

Il aperçut Bree.

— Je vous rappelle.

Il alla vers la table basse sur laquelle étaient empilés des journaux.

— Je suis désolé. Je t'ai réveillée.

Il semblait contrarié. Elle essaya de sourire, d'ignorer la sensation de glace dans son dos.

— Le café est prêt, si tu veux. Tiens, ma chemise te va bien !

Le ton n'était pas chaleureux. Il se forçait. Que se passait-il ?

— Theo ?

Elle croisa les bras sur sa poitrine, regrettant de porter un vêtement à lui, d'habiter chez lui en ce moment…

— Il faut que tu partes d'ici le plus vite possible.

— Pourquoi ? Tu me fais peur.

Il retourna à la fenêtre. Paris était dans le brouillard. Elle n'apercevait même pas le dernier étage de la tour Eiffel.

— À cause de ça.

Il frappa la pile de journaux du plat de la main. Il était en photo sur toutes les premières pages. Des photos de lui, seul, ou même – abomination – avec Tanya.

Bree se pencha dessus.

— Oh là là ! Ce n'est pas possible. Ils n'ont pas le droit d'écrire des choses pareilles.

Submergé par la rage, il ne l'entendait même pas.

*Dubois, le play-boy milliardaire, abandonne son super mannequin après une fausse couche*

*Dubois sombre de plus en plus bas*

*Le super model Tanya Bedingfield sort du silence*

*Le play-boy milliardaire séduit une inconnue, laissant sa fiancée pleurer la perte de leur bébé*

— Ils ne peuvent pas faire ça ! dit Bree.

— Non seulement ils peuvent, mais ils l'ont fait.

— Tu dois réagir. Elle t'a menti. Il faut que tu rectifies.

— Les dégâts sont déjà faits.

— En plus, elle t'avait fait miroiter un enfant. Elle a ruiné cet espoir.

— Je ne voulais pas être père. Je ne l'ai jamais voulu.

— Pourquoi ? Parce que tu estimes que tu n'en es pas digne ? Ne pense pas ça, c'est faux. D'ailleurs, tu as prouvé ton sens des responsabilités en ne t'enfuyant pas quand elle te l'a annoncé. Tu aurais pu… Finalement, tu le désirais, ce bébé.

Il était hanté, brisé. Elle avait envie de se jeter à son cou, de le réconforter, mais elle le sentait ailleurs, derrière un mur invisible qu'il lui interdisait de franchir.

— Si. Ce bébé, tu le désirais, et elle t'a arraché cet espoir. Tu en souffres encore aujourd'hui, même si c'était une invention.

Il ne bougea pas, n'ajouta pas un mot. Elle savait qu'elle avait raison et qu'il en conviendrait un jour, mais pour l'heure il était enfermé dans sa colère.

— Tu dois faire quelque chose. Elle ne va pas s'en tirer comme ça. C'est de la vengeance, c'est minable. Elle nous a vus ensemble et elle crève de jalousie.

— Peu importent les raisons, le fait est là. Il faut que je t'éloigne le plus vite possible de l'orage. La presse va te pourchasser, elle ne te fera pas de cadeau.

— Tu veux dire m'éloigner de toi ? Non ! Raconte aux journalistes ce qu'elle t'a fait. Son mensonge.

— Qui te dit qu'ils me croiront ? Tu me croirais, toi ?

— Oui, parce que c'est la vérité.

— D'accord. Mais si tu ne me connaissais pas ?

Elle hésita.

— Tu vois… !

En quelques enjambées, il traversa la pièce, la prit dans

ses bras, la serra très fort et lui donna le plus fou, le plus désespéré des baisers.

— Je suis désolé, dit-il sur le ton de l'excuse en reprenant son souffle.

— Non, ne sois pas désolé, mais ne laisse pas ça passer.

Il desserra son étreinte, prit le visage de Bree dans ses mains et, du bout des pouces, caressa ses joues. Elles étaient mouillées. Elle pleurait ?

— Le monde n'est pas blanc ou noir, Bree. Il n'est pas comme tu le crois. Ce monde-là, le mien, n'est pas fait pour toi, je n'aurais jamais dû t'amener ici avec moi, t'exposer aux chiens.

— Mais… mais… Ça veut dire que tu romps ?

— Que je romps quoi ? Il n'y a jamais rien eu entre nous que je puisse rompre.

C'était trop. Elle allait vomir.

— J'ai besoin d'air.

Elle alla à la porte-fenêtre, entendit qu'il la suivait.

— Ne pars pas.

Elle ne l'écoutait plus. C'était trop dur, beaucoup, beaucoup trop cruel. Elle se précipita sur le balcon et se pencha, le cœur à l'envers. Et elle la vit. La meute. Des dizaines de journalistes attroupés sous leurs fenêtres. Il y avait un brouhaha incroyable puis, subitement, un cri strident couvrit les rires et les appels, le cri d'une femme qui la montrait du doigt.

Bree s'apprêtait à répliquer quand Theo l'arrêta.

— Non.

— Quoi ? Tu as honte de moi ?

Elle rentra comme une fusée dans la chambre, ôta sa chemise et passa les premiers vêtements qui lui tombaient sous la main. Ses vêtements. Elle fourra le reste dans son sac.

— S'il te plaît, Bree. N'y va pas. Tu dois comprendre.

— Comprendre ? Tu crois peut-être que je n'ai pas compris ? Je ne suis personne, et tu me jettes. Quant à tous tes discours sur… sur…

— Tu veux vraiment d'un play-boy comme compagnon de vie ?

— Ah non, Theo ! Je te veux, toi, et ça ce n'est pas toi. Tu veux bien le voir ?

Il la regarda. C'était fichu. Sa décision était prise. Elle ne passerait pas une seconde de plus ici.

Elle fila dans la salle de bains, ramassa ses affaires de toilette.

— Voyons, Bree. Ils ne feront qu'une bouchée de toi, dit-il calmement. Ils traîneront ton nom dans la boue, avec le mien. Je ne le supporterai pas. Je n'aurais pas dû t'entraîner dans mon monde.

— Tu ne m'as traînée nulle part, Theo.

Elle revint dans la chambre, le frôla.

— Je suis venue parce que j'avais envie d'être avec toi. Parce que…

Sa voix se brisa. Pourtant elle voulait lui dire… Il fallait qu'il sache qu'elle partait mais qu'elle avait été sincère avec lui.

— Je suis venue parce que j'étais amoureuse de toi. De ton vrai toi.

Un éclat dur brilla dans ses yeux, il pâlit.

— Eh bien, quoi ? C'est si terrible à entendre ?

Il ne broncha pas.

— Tu sais quoi, Theo ?

Elle laissa échapper un rire amer et s'essuya les joues.

— Oublie ton jet et ta limousine. Pas besoin ! Je rentre chez moi par mes propres moyens, dit-elle en jetant sa trousse de toilette dans son sac.

Comme elle fonçait, bagage à la main, vers l'ascenseur, il la poursuivit.

— Ne pars pas. Tu vois bien qu'on t'attend dehors !

Il lui empoigna le bras, mais elle se dégagea.

— S'il te plaît, Bree, laisse-moi t'accompagner jusqu'à ma voiture.

— C'est là que tu te trompes. Je fais ce que je veux et je le ferai le plus loin possible de toi, comme tu le souhaites.

Elle prit son sac, le balança sur son épaule. Par chance, l'ascenseur était là. Elle y entra.

— Bree !

La voix était si suppliante que pendant une seconde elle crut qu'il allait lui dire ce qu'elle avait besoin d'entendre. Elle tendit un bras pour empêcher les portes de se refermer et, furieuse, lança :

— Quoi ?

Debout, face à elle, visiblement décontenancé, il la dévisagea. Le temps sembla s'étirer. Une minute ? Une éternité ? Il ne dit rien. L'orage grondait dans ses yeux, il était cassé, broyé.

Elle s'attendrit.

— Fais une chose pour moi, Theo. Ne la laisse pas s'en tirer comme ça. Alerte la presse, dis-leur la vérité, montre-leur qui tu es vraiment.

Elle avait vécu dans l'ombre de son ex et elle le regrettait, mais elle avait appris, dorénavant, à exister, à briller et à sortir du lot. Avec Theo, elle avait pansé sa peine de cœur. Elle avait cru pouvoir le changer comme il l'avait changée. Il lui avait dit de vivre ses rêves et ses désirs, il l'avait poussée à oser demander. Mais ce qu'elle désirait par-dessus tout, c'était lui.

Hélas, il avait peur. Elle le voyait dans son regard, il souffrait, il était tourmenté.

Qu'importe ! Elle survivrait. Elle avait pris un risque en s'attachant à lui, mais ce risque lui avait apporté beaucoup de joie et avait fait d'elle quelqu'un de meilleur.

En revanche, elle ne supportait pas de voir l'homme qu'elle aimait bafoué par la jalousie d'une ex. Ni se retirer dans l'ombre de son frère. Elle ne supportait pas de voir sa réputation salie par la presse.

Le voir là, en ce moment, utilisant ce prétexte pour la repousser au lieu d'admettre la vérité, la faisait souffrir.

— Ils croiront ce qu'ils voudront croire, dit-il, résigné. Ça ne changera rien.

Cela renforça la colère de Bree.

— Tu dis ça parce que tu manques de courage. Tu te caches derrière un masque parce que t'attacher à moi, t'engager pour l'avenir – m'aimer, tout simplement – t'obligerait à affronter un univers qui peut faire souffrir.

Sur ces mots, elle laissa les portes coulisser. En bas, il y avait des journalistes, mais elle s'en moquait comme elle se moquait du personnel de l'hôtel et des badauds.

Cette fois, Theo et elle, c'était fini. Elle sortait définitivement de sa vie.

Pour de bon.

Theo n'en revenait pas. Bree l'aimait.

Mis à part sa mère et son frère, personne ne l'avait jamais aimé. Tanya ne le lui avait jamais dit, preuve qu'elle ne cherchait qu'un statut et le luxe de l'argent.

Bree avait sûrement raison, Tanya avait voulu se venger. Et en ne réagissant pas il l'avait laissée gagner. Elle lui avait fait perdre Bree.

Empoignant son portable, il appela ses gardes du corps.

— Suivez Bree, ne laissez ni la presse ni les curieux l'ennuyer. Appelez-moi dès qu'elle sera rentrée chez elle.

Il allait aussi appeler Sebastian. Il avait besoin d'aide, côté britannique, pour assurer sa tranquillité.

Mais son téléphone sonnait déjà.

— Salut, frère ! Qu'est-ce que c'est que cette histoire ? lança Sebastian sans préambule. Tu as laissé tomber Tanya après sa fausse couche ? Non ! Dis-moi que ce n'est pas vrai !

— Évidemment que c'est faux !

Il s'écroula sur le canapé.

— Pourquoi est-ce qu'elle raconte ça, alors ?

Theo soupira. Il n'était pas d'humeur à parler, même pas avec son frère.

— C'est une longue histoire. Pour te la faire courte, elle nous a vus ensemble, Bree et moi, l'autre soir et…

— Ensemble comment ?

— Très ensemble.

— OK, elle a vu ce que Flick et moi nous avons vu, que tu es amoureux.

— Oui, mais c'est fini.

Silence.

— Comment ça, fini ? Je sais que cette histoire qui sort sur Tanya et toi est embêtante mais…

— C'est moi qui ai décidé d'arrêter. Je ne voulais pas que Bree soit mêlée à tout ça.

— Mais tu lui as demandé son avis ?

— Bon, ça va, Sebastian.

— Non, ça ne va pas. Vous êtes très différents tous les deux, mais vous êtes faits pour vous entendre. Tu mérites Bree. Elle te mérite, j'en suis sûr. Je suis certain que Flick serait d'accord avec moi.

Theo regarda autour de lui. Son appartement était désespérément vide.

— Peu importe maintenant. Elle est partie.

— Cours-lui après !

— C'est inutile, ça ne ferait que repousser l'inévitable. Ce n'est qu'une question de temps, elle verra vite qui je suis vraiment, le néant derrière le sourire. Il vaut mieux en rester là tout de suite, avant que…

Sa poitrine se serra. Sa gorge aussi. Plus un son ne sortait.

— Avant quoi, Theo ? Parle, bon sang !

Sa gorge était sèche, la douleur dans sa poitrine s'intensifiait. Impossible de parler.

— Avant que tu tombes amoureux d'elle ?

— Oui, murmura-t-il.

— Mais tu l'es déjà, grand imbécile !

Sebastian soupira. Son frère avait vraiment besoin de conseils en relations amoureuses… sincères !

— Et elle ?

— Elle dit qu'elle m'aime.

— Et tu la laisses filer ? Pour un type intelligent, tu es en dessous de tout ! Tanya, je veux bien l'admettre, était amoureuse de ce que tu représentais, mais Bree, sûrement pas. Je suis certain qu'elle t'aime pour toi. Ça se sent, ça se voit quand vous êtes ensemble. Et je crois que tu es prêt pour une vie plus rangée, je ne dis pas ennuyeuse, attention ! Je ne dis pas ça non plus parce que tu vieillis et qu'il est temps que tu deviennes raisonnable, mais parce que tu as rencontré la femme qui te convient, celle qu'il te faut. Alors prends sur toi et file la récupérer, sinon c'est moi qui viens, et tu entendras parler du pays…

— Je ne sais pas, Sebastian. J'ai peur de lui faire plus de mal.

— C'est déjà fait, vieux ! Tu lui as mis le cœur en charpie, et le tien aussi ! Joli travail ! Si tu ne la retrouves pas tout de suite, tu vas la perdre pour toujours. C'est garanti. C'est ce que tu veux ?

— Bon Dieu, non !

Il se passa la main dans les cheveux. À bien y réfléchir, la présence des journalistes n'avait été qu'un prétexte pour l'éloigner. C'était en réalité la peur qui l'avait décidé à mettre un point final à leur courte histoire. La peur de l'amour.

Il se leva d'un bond, prit sa veste et ses clés. Il dévala l'escalier jusqu'au parking et enfourcha sa moto. Son portable sonna. Coup d'œil prudent. La sécurité. Elle était en taxi en route vers l'aéroport. Vite, vite, s'il pouvait arriver avant elle et lui expliquer…

Il avait le temps, normalement.

Le trafic intense ralentissait Theo. Il fallait qu'il y arrive. Louvoyant imprudemment entre les voitures, il avalait les kilomètres. Elle était dans un taxi. Oui, mais lequel ?

En les doublant, il regardait à l'intérieur. *Allez, Bree, où es-tu ?*

Et soudain, sur le côté, bingo ! Il la vit. Sa moto fit une embardée, mais il réussit à redresser. Elle payait le chauffeur.

— Bree ! Bree !

Mais sa voix était étouffée par son casque. Il releva la visière, mais il était dans le trafic, avec des voitures, des taxis, des gens partout. Trop de gens. Elle cavalait maintenant en direction d'un hall. Il allait la perdre de vue.

En pleine panique, il descendit de moto et la laissa tomber sur le trottoir. Il arracha son casque, le jeta aussi et partit en courant.

— Monsieur, monsieur, votre moto ! Vous ne pouvez pas la laisser là !

Il n'entendait plus. Il s'en fichait.

— Bree ! Bree !

Elle le distançait de plus en plus. C'était comme si elle avait su qu'il était là.

Elle s'arrêta à un passage piéton et tourna un peu la tête.

— Bree !

Il ralentit pour reprendre son souffle. Cette fois, elle se retourna.

— Theo ?

Il se rapprocha, prit ses mains dans les siennes. Elle était pâle, défaite. Elle écarquillait les yeux.

— *Monsieur, monsieur…*

Les gardiens le poursuivaient.

— Une minute, s'il vous plaît. Juste une minute.

Amusés, les gardiens haussèrent les épaules et lui firent un clin d'œil complice.

— Qu'est-ce que tu fais ? demanda Bree.

— Bree, je suis un fou, un idiot, je suis débile, pardonne-moi. Je ne veux pas que ce soit fini entre nous. Je voulais juste te protéger et j'avais peur, tellement peur de te perdre plus tard que j'ai préféré tout arrêter tout de suite. Mais tu avais raison. Sur tout.

— Je suis censée croire que tu as changé d'avis en l'espace de… d'une heure ?

— Moins que ça. Je suis parti tout de suite pour te retrouver. Sebastian m'a téléphoné, il m'a ouvert les yeux sur le fait que j'allais te perdre. Pour de bon.

Visage tendu, moue sur les lèvres, elle le narguait.

— Ravie de savoir que ton frère a réussi là où j'ai échoué !

— Non, Bree, ce n'est pas ça, écoute-moi.

Elle gesticulait pour qu'il la lâche.

— S'il te plaît, non, ne pars pas, Bree.

— Trop tard, Theo. Je veux bien te croire, mais… mais je ne peux pas être avec un homme qui accepte tout comme tu le fais. Je sais que tu estimes que c'est tout ce que tu mérites. Moi pas.

— Je sais, Bree. Mais je veux essayer. S'il te plaît, laisse-nous essayer.

Il se frottait la nuque d'un geste désespéré. Pourquoi

était-ce si difficile ? Comment la convaincre ? Peut-être en lui livrant le fond de son cœur. Et si elle le rejetait…

Il balaya l'air devant lui comme pour chasser cette éventualité. Tant pis, il en prenait le risque.

— Je t'aime, Bree. Je t'aime, c'est tout.

Elle eut un haut-le-corps, sentit les larmes monter.

— Je t'aime, Theo, dit-elle, bouleversée.

Il se rapprocha, s'arrêta. Elle ne souriait pas, elle semblait même froide.

— Bree ? Qu'est-ce qui se passe ?

Elle recula.

— Ne me touche pas.

— Mais enfin, Bree, on s'aime, c'est merveilleux. On va soulever des montagnes. Accorde-moi une seconde chance.

— Je l'aurais peut-être fait ce matin. Si tu me l'avais dit au lieu de me pousser dehors, je serais tombée dans tes bras et j'aurais envoyé tout le reste au diable. Mais ça ne s'est pas passé comme ça.

Elle hocha la tête. Elle pleurait. Des larmes chaudes roulaient sur ses joues.

— Il faut que tu prennes ta vie en main, Theo. Que tu te fasses respecter. Entre autres, par cette Tanya. Tant que tu n'auras pas fait cela, je ne croirai pas à ton amour pour moi. Maintenant, je me suis assez donnée en spectacle – regarde tous ces gens ! – je m'en vais. Au revoir, Theo.

# 15.

*Trois mois plus tard*

— Le regarder comme ça ne va rien changer à l'affaire.

Au bar de la pension, Bree leva les yeux vers Felicity.

— Il ne l'a pas écrit.

— Voyons, Bree. C'est partout…

Felicity attrapa le paquet de magazines qu'elle avait collectés au cours des mois passés et les posa sur la table basse.

— Tu sais très bien que ça vient de lui. Il a pris sa vie en main, et Sebastian n'en revient pas de son sérieux.

— Si c'est le cas, pourquoi n'a-t-il pas tenté de me joindre ?

— As-tu essayé de le joindre, toi ? Tu pouvais le faire. Tu as son numéro.

— Non, je ne veux pas m'ingérer dans sa vie. Quant à moi…

— Quoi, toi ?

— Je ne sais pas… Je ne sais pas s'il sera un jour prêt à s'engager dans une relation et je ne veux pas m'aventurer seule dans cette voie. Qui sait ? Je suis peut-être la dernière personne qu'il ait envie de voir actuellement.

Felicity hocha la tête. Ses yeux brillaient. Ses lèvres frémissaient.

— Je vois que mon supplice t'amuse.

— Non, mais arrête de toujours tout décortiquer. Demain, quand tu le verras…

— Demain, c'est ton mariage, et je ne veux pas qu'on parle de ça. Theo est le témoin de Sebastian, je suis ta demoiselle d'honneur. Demain, c'est vous qui êtes à l'honneur, pas nous !

— OK, mais tu sais quel cadeau de mariage me ferait le plus plaisir ? C'est de vous voir tous les deux ensemble, et heureux.

Heureux. Ensemble… Son estomac commença à jouer au yo-yo.

D'après Sebastian, son frère avait fait des pas dans la bonne direction. Mais s'il se trompait ? Et si Theo faisait un effort, ponctuel, seulement pour rassurer son frère ?

Un homme assis au comptoir lui fit un sourire narquois. Son pouls s'affola, elle regarda ailleurs, avala une gorgée de son mojito pour tromper sa panique.

— Ah, c'est vous la femme mystérieuse qu'on voit dans les journaux ! On se demande ce qu'il trouvait à cette Tanya Bedingfield, fit-il en passant devant elle.

Bree avala une bonne rasade de son cocktail.

— D'ailleurs, où est-il en ce moment ? s'enquit Bree.

— Il est occupé, répondit Felicity, mais il est là. Sebastian et lui ont décidé de mettre cette nuit à profit pour se reposer.

— Et si on ouvrait le champagne qu'il nous a fait porter ?

Angel entra à cet instant.

— Tu tombes bien, Angel, prends-nous des coupes dans le placard, s'il te plaît.

— Champagne et mojito ? Ça ne fait pas beaucoup pour la veille d'un mariage ?

— Si on ne peut pas être un peu folle quand on va se mettre la corde au cou pour l'éternité !

Angel éclata de rire. Bree se leva comme si elle était montée sur un ressort.

— D'accord, tu as raison.

— Tu vas bientôt arrêter de tripoter ton col ?

Theo regarda son frère.

— Qu'est-ce qui te rend nerveux comme ça ? C'est *mon* mariage et c'est toi qui transpires, on dirait !

Le prêtre se gratta la gorge pour les rappeler à l'ordre, la musique changea, et les frères se turent.

— Si vous voulez bien tous vous lever.

Sebastian et Theo s'exécutèrent et jetèrent un coup d'œil sur le côté. La mariée était là, magnifique. Bree aussi. Drapée dans une robe en lamé or qui soulignait des courbes de rêve, elle était éblouissante. Ses cheveux noirs, brillants comme de la soie, tombaient en ondulant sur ses épaules.

Ils se virent. Leurs regards, comme aimantés, s'accrochèrent. Il en oublia presque de respirer, il en oublia pourquoi il était là, il en oublia Angel et même la mariée. Il n'avait plus d'yeux que pour Bree. Et Bree n'avait plus d'yeux que pour lui.

Impossible de détacher leurs regards l'un de l'autre.

Il sentit qu'il n'était plus lui-même. Il croisa les mains devant lui. Son cœur et son corps – tout son corps – le suppliaient de courir la rejoindre, de la prendre dans ses bras et de la soulever de terre, de tout lui dire. C'est alors qu'elle cligna des yeux. Elle se tourna vers Sebastian et fit un sourire qui illumina son visage comme un soleil, et le cœur de Theo.

Il l'aimait. Il aimait tout d'elle, il voulait le lui dire… Lui revint alors à l'esprit qu'il avait promis à son frère d'être son témoin.

Mon Dieu, comme il était ému ! Comme ses mains tremblaient ! S'il continuait, il ne serait pas capable de porter le coussin avec les alliances. Il allait les faire tomber ! Il était trop nerveux. Et il avait un discours à prononcer. Comment allait-elle l'accueillir ?

*Très, très chers amis. Nous sommes réunis ici aujourd'hui pour…*

Il se redressa de toute sa hauteur, fixa le prêtre qui se tenait un peu plus loin droit devant lui et fit taire le vacarme qui lui fracassait l'intérieur de la tête.

Bree, incapable de regarder ailleurs, fixait Theo.

Theo en jean… Miam.

Theo en tenue d'intérieur, pantalon bas sur les hanches et T-shirt… Comestible !

Theo nu… Aïe, aïe, aïe !

Mais Theo en costume trois pièces, attention les dégâts !

Elle bouillonnait. Cela faisait trois mois que sa libido la travaillait ! Et, après plusieurs mojitos et une coupe de champagne – ou plusieurs, elle n'avait pas compté –, elle était en feu.

Elle aurait dû se méfier.

Elle détacha les yeux de lui et tenta de suivre la cérémonie. Son cœur et son corps étaient comme une ruche… Ça bourdonnait là-dedans. Dans sa tête aussi, malgré ses efforts pour se concentrer.

Elle était concentrée, pourtant ! Oui, mais sur lui, pas sur la cérémonie. Son regard passait de son dos – quel bel athlète ! – à ses cheveux qui bouclaient sur le col de sa chemise. Il avait un profil harmonieux. Des mâchoires carrées, viriles, un nez droit et une mèche rebelle qui s'ingéniait à retomber sur son front.

Elle serra très fort le bouquet qu'elle tenait à la main, tenta de compter les pétales des roses pour s'occuper l'esprit. Rien n'y faisait. Elle releva les yeux. Il s'avançait vers les mariés avec les alliances.

Là, elle décrocha. Elle vit vaguement son sourire quand il présenta le coussin à Sebastian, puis à Felicity. Elle entendit vaguement les deux mariés prononcer leurs vœux. Elle se ressaisit. Le vit. Lui. Rien que lui. Avec sa perfection et ses imperfections.

Les récents articles des journaux défilèrent dans sa tête. Elle aurait pu les répéter mot pour mot.

*La mystérieuse femme dont tout le monde parle... la seule qui ait réussi à capter le cœur d'un célibataire endurci...*

Elle plaqua la main sur son cœur, qui battait trop fort. Ah non ! Elle n'allait pas avoir un malaise.

Comme s'il percevait quelque chose, il tourna le regard vers elle.

— Theo.

Son prénom avait glissé de ses lèvres. En même temps, elle avait souri. Elle crut lire *Bree* sur ses lèvres, vit ses yeux bleus briller d'une chaude lumière.

— Vous pouvez vous embrasser.

Comme Sebastian enveloppait Felicity dans ses baisers, elle faillit pleurer d'émotion.

Les invités applaudirent. Accourus en nombre pour célébrer le premier mariage qui avait lieu dans le domaine Ferrington depuis des lustres, les villageois les ovationnèrent. Il y eut un joyeux tumulte. C'était la fête.

La célébration était d'autant plus heureuse qu'ils savaient tous désormais que le projet d'hôtel ne verrait pas le jour. Ferrington allait rester le siège des galas annuels, du grand bal de Noël, des événements caritatifs, le théâtre des immuables traditions d'Elmdale, et cela grâce à la bonté de ses propriétaires.

L'assemblée se leva pour partir. Les mariés ouvrirent

la marche. Theo offrit son bras à Bree, comme son rôle le lui imposait.

— Tu es si belle que j'en ai mal aux yeux, lui dit-il dans un souffle.

— Je ne te crois pas, murmura-t-elle.

Ils descendirent toute la nef. Dehors, des badauds attendaient. Tonnerre d'applaudissements. Elle resserra le bras autour du sien. Se cramponna presque tant elle se sentait fragile, déstabilisée, bouleversée. C'était trop d'émotions.

— Ne me lâche pas, le supplia-t-elle.

Il posa la main sur la sienne.

Mon Dieu que c'était tendre… !

Bree saurait. Cette fois, elle voulait savoir, Theo le sentait.

— Des photos, monsieur Dubois. S'il vous plaît…

— Vous aurez toutes les photos que vous voudrez, mais attendez un instant.

Avec le sourire charmeur qui lui était naturel, Theo sourit au journaliste.

— Accordez-moi une minute avec cette charmante personne. Je vous promets que je suis à vous ensuite.

Le photographe opina et s'éloigna un peu.

— Bree…

Comme une supplique.

Trois mois sans elle. Aujourd'hui, c'était comme s'il sortait des ténèbres et retrouvait la lumière.

— Bree…

Il prit son visage dans ses mains et plongea dans ses yeux.

— Bree…

— Oui, Theo.

— Si tu savais comme tu m'as manqué ! Je n'ai jamais autant souffert.

— Tu t'es bien occupé, pourtant. J'ai lu la presse.

Il hocha la tête, l'air désespéré.

— Je n'ai fait que prendre tes mots à la lettre. Tu voulais de l'air, ton espace, ta bulle.

— Toi aussi, non ?

Sa voix était toute douce, un filet de voix, un murmure.

— J'ai dû me faire aider, avoua-t-il.

— Un psy ? Cela t'a fait du bien ?

— Grâce à lui, je règle des problèmes qui remontent à l'enfance et qui expliquent mon refus de m'engager, de devenir père. Je vais déjà beaucoup mieux. Et…

Il hésita. Le moment de vérité était venu.

— Je ne veux plus ressasser le passé. Je veux me tourner vers l'avenir. Je te veux, toi, Bree. Dans ma vie. Pour toujours. Je sais que je suis un risque. J'ai passé ces deux derniers jours en Écosse pour voir tes parents. Pour qu'ils m'excusent du mal que je t'ai fait et les convaincre de mon amour pour toi.

— Drôle de démarche !

— Je savais qu'ils avaient vu les journaux – la moitié de l'humanité les a vus – et je ne pouvais pas revenir ici et te demander de me donner une seconde chance sans leur avoir parlé auparavant.

— Que leur as-tu dit ?

— La vérité, que j'étais fou d'amour et que je voulais t'épouser – évidemment, avec leur bénédiction. Et que je ferai tout pour te rendre heureuse.

— Tu leur as raconté que tu voulais m'épouser ? Mais…

— Si tu étais d'accord, bien sûr. J'ai été dévasté quand tu es partie, j'ai fait tout ce que je pouvais pour essayer de… me guérir. Impossible. Tu me crois, ma tendre Bree ? Tu me crois au moins ?

Elle lui sourit.

— Oui, je te crois.

— Oh ! merci ! Merci !

Elle posa un doigt sur ses lèvres.

— Attends ! Puisqu'on en est aux aveux, j'ai un truc à te dire. Tu n'es pas le seul à avoir changé grâce à tout cela, grâce à nous. Tu m'as changée, Theo. Tu m'as fait prendre conscience que je peux être moi-même, que je peux et dois faire ce que je désire sans avoir peur des répercussions. Et, s'il y en a, les assumer. Il y a trois mois, je voulais tout de toi, et tu ne voulais, tu ne pouvais pas me le donner. Ça a été dur, mais je suis partie. Aujourd'hui, je veux croire en toi, en nous, car je sais que nous regardons tous les deux dans la même direction. Vers un bonheur assuré : je sais que nous sommes faits pour vivre ensemble.

Il sentit les larmes lui monter aux yeux.

— Tu es une femme merveilleuse, Bree.

— Je peux ajouter quelque chose ?

Il se crispa. Allait-elle lui dire ce qu'il redoutait tant. Qu'elle ne l'aim…

— Je t'aime, Theo. Depuis toujours ! Et pour toujours.

Indifférent à la foule qui les interpellait en riant – il avait oublié qu'ils n'étaient pas seuls –, il la prit dans ses bras et la fit tourner avec lui. Puis il la reposa et happa sa bouche.

— Ah ! pas trop tôt, s'écria Angel, aux anges.

— Tu l'as dit ! ajouta Flick.

— Bravo, mon frère ! renchérit Sebastian.

— Des photos des deux couples Ferrington, demandèrent les reporters. Allez, ensemble, tous les quatre !

— Tu sais, Theo, ce sera difficile de faire mieux que ce mariage !

— Pas grave ! J'ai toujours été dans l'ombre de mon frère.

— Ah non ! fit-elle en plissant les yeux.

— Je plaisantais. Je ne suis jamais sérieux, tu le sais bien maintenant, sauf en ce qui concerne mon amour pour toi.

Il l'embrassa de nouveau, sans se soucier du public, conscient seulement que l'avenir qui se profilait était lumineux, qu'il lui promettait des merveilles. Avec Bree à son côté, le monde pourrait s'écrouler ils seraient toujours heureux.

Ils le méritaient.

# Épilogue

*Deux ans plus tard*

— Theo Ferrington…

Du bout du doigt, Bree s'amusait à dessiner des ronds sur le torse nu de son mari qui sursauta.

— C'est vrai, dit-il. C'était mon nom *avant*. Grâce à Sebastian, on l'a récupéré.

— Il me plaît, susurra Bree. Il fait très vieille Angleterre.

— De toute façon, je ne peux plus le changer, maintenant.

— Ça te fait quel effet ? lui demanda-t-elle. Tu te sens le riche héritier d'une grande dynastie ou…

— Je ne me sens rien du tout !

Et il éclata de rire.

Elle se serra contre lui et chuchota à son oreille :

— Tu sais, je n'ai pas très envie de quitter Paris.

— Qui te parle de quitter Paris ?

— Je pensais que maintenant que Sebastian et Flick roucoulent…

Elle recommença à jouer avec le duvet de son torse. Ces poils soyeux qui glissaient entre ses doigts lui procuraient un plaisir d'une sensualité exquise qui l'excitait.

— Et comme tu aimes bien le changement…

— C'est vrai. Mais nous avons un jet à notre disposition, ce qui nous permet de faire autant de sauts de puce que nous voulons. Il n'y a donc aucune urgence à quitter Paris. Mais…

Il réfléchit.

— Quand tu m'as dit que tu voulais passer ta lune de miel ici, tu m'as surpris. Parce que cela fait deux ans que nous vivons ici, et je pensais que tu rêverais d'un voyage de noces aux Maldives ou aux Antilles, dans un endroit chaud. Et je vois que tu vas te contenter de trois fois rien.

— Pourquoi voudrais-je passer ma lune de miel ailleurs qu'ici quand c'est ici que nous sommes tombés amoureux et que…

Les yeux brillants, presque fiévreux, elle plongea dans son regard.

— … et que c'est ici que nous avons conçu un bébé.

Il la dévisagea avec stupéfaction.

— Pardon ? Comment ? Bree, est-ce que nous… ? Est-ce que tu… ?

Des larmes de joie plein les yeux, elle fit oui de la tête. Quelques gouttes de bonheur tombèrent sur la poitrine de Theo.

— Oui, je le sais depuis hier et j'allais te le dire. Mais c'était notre mariage, et il y avait toujours quelqu'un entre nous.

Tellement ému qu'il pouvait à peine répondre, il l'écrasa sur son torse.

— Viens, mon amour. Serre-toi contre moi. Tu ne pouvais pas me faire de plus beau cadeau de mariage.

Elle se mit à sangloter de bonheur.

— Toi et ce bébé, vous êtes le plus merveilleux des cadeaux, pour moi aussi, dit-elle.

Et elle se blottit contre lui.

Vous avez aimé ce roman ?
Retrouvez en numérique l'empire des Ferrington !

1. *Mystérieuses retrouvailles*
2. *Amoureuse du milliardaire*

Retrouvez prochainement,
dans votre collection

# AZUR

**Secrétaire ou princesse, d'Emmy Grayson - N°4620**

Enceinte. Clara peine à croire le résultat qui s'affiche en lettres de feu sur son test de grossesse. Quelques semaines plus tôt, elle a perdu la raison entre les bras d'Alaric Van Ambrose et voilà qu'elle doit en assumer les conséquences. Sauf que son amant d'une nuit n'est autre que son patron – un prince de surcroît ! Alors qu'elle se désespère de cette situation inattendue, Alaric lui fait une proposition aussi folle que séduisante : quitter son poste de secrétaire pour devenir sa princesse…

**La trahison d'un Italien, d'Annie West - N°4621**

Dans la suite nuptiale de l'hôtel le plus prestigieux de Rome, Ida rejoint le cœur battant son tout nouvel époux. Et dire que Cesare Brunetti l'a choisie, elle, parmi toutes ces aristocrates qui lui tournaient autour ! Troublée à la perspective de sa nuit de noces avec le sublime héritier, elle déchante quand ce dernier lui révèle tout le mépris qu'il a pour elle. Sans le savoir, Ida s'est unie à l'ennemi juré de sa famille. Et, pour échapper à une vie de souffrance, il ne lui reste plus qu'une option : fuir…

**Scandaleuse nuit au palais, de Maya Blake - N°4622**

Douze ans plus tôt, le cheikh Tahir a failli perdre son trône et son honneur pour une femme. Mais, alors qu'il a tout fait depuis pour l'oublier, voilà que se présente aujourd'hui devant lui Lauren Winchester. La belle a gardé le pouvoir de le troubler, comprend-il aussitôt, avant de se ressaisir. Si Lauren se trouve dans son palais, c'est pour lui demander son aide, or Tahir compte profiter de cet avantage pour clore enfin leur histoire au goût d'inachevé…

**La mémoire des sens, de Rebecca Winters - N°4623**

Luna est bouleversée. Son époux, le prince Rinieri Baldasseri, qu'elle croyait mort à la suite d'un tremblement de terre, est vivant ! Alors qu'elle émerge d'un long cauchemar, un nouveau coup vient la frapper de plein fouet : Rini l'a oubliée. Envolés, leurs moments complices, leurs nuits torrides… Incapable de renoncer à leur bonheur passé, Luna ramène Rini chez eux, au palais de San Vitano, avec l'espoir secret de raviver en lui la flamme de la passion pour que renaissent leurs souvenirs…

## Un dangereux aveu, de Julia James - N°4624

« Si quelqu'un a une raison de s'opposer à cette union, qu'il parle maintenant ou se taise à jamais. » Les mots du prêtre résonnent dans l'église médiévale italienne, tandis qu'Ariana se lève pour interrompre la noce. Face à une assistance médusée, elle révèle alors attendre un enfant de Luca Farnese, le futur marié ! Le scandale est immédiat, retentissant, mais il paraît moins dangereux à Ariana que le regard noir de l'homme qui fut son amant avant d'être son ennemi…

## Une alliance avec Gianni Renzetti, de Lynne Graham - N°4625

Leur alliance sauverait Josephine de la ruine, et son ami d'enfance du scandale. Doit-elle néanmoins accepter d'épouser ce dernier ? Certes, Gianni Renzetti lui permettrait de conserver le domaine familial de Ladymead, mais il n'est pas un homme pour elle. Depuis toujours, il conquiert le monde et les femmes, tandis qu'elle aspire à une vie calme et rangée. Hélas, Josephine est dans l'impasse. Comment pourrait-elle dire non à Gianni alors qu'il tient entre ses mains son avenir… et son cœur ?

## La belle et le ténébreux, de Clare Connelly - N°4626

Depuis six ans, Thirio Skartos mène une vie de reclus, au sein de son château perdu dans les Alpes. Ainsi coupé du monde de débauche dans lequel il s'est perdu autrefois, il espère expier ses fautes. Jusqu'au jour où la tentation vient frapper à sa porte, sous les traits d'une délicate créature prénommée Lucinda. D'abord furieux d'être dérangé dans son antre, il ne peut s'empêcher d'être séduit par la belle. Au point de rompre son vœu de solitude pour explorer avec elle le désir qui les pousse l'un vers l'autre…

## Le milliardaire sans limites, de Lucy King - N°4627

SÉRIE : *LES FILS PERDUS D'ARGENTINE* - 3/3

*Il n'a aucune limite. Elle n'aura aucune échappatoire…* Le milliardaire Max Kentala joue selon ses propres règles et ne laisse personne se mettre en travers de son chemin. Aussi est-il d'abord méfiant à l'égard de la détective privée qui débarque dans son existence pour lui révéler le mystère de ses origines. Pourtant, seul avec la tenace Alexandra Osborne aux Caraïbes, il sent le désir le gagner et sa raison fléchir. Et, bientôt, Max ne songe plus qu'à conquérir la belle intruse…

## Le yacht de la passion, de Tara Pammi - N°4628

SÉRIE : *RELATIONS PRIVÉES* - 3/3

Après avoir fui un mariage forcé, Clare trouve refuge… sur un yacht. Comme si la situation pouvait être pire, elle découvre que le propriétaire du luxueux bateau n'est autre que Dev Kohli, le milliardaire avec lequel elle s'est abandonnée à la passion autrefois. À mesure qu'elle vogue à ses côtés vers une destination paradisiaque, Clare se demande si en échappant à son destin elle ne s'est pas exposée à un danger plus grand encore – celui de tomber amoureuse d'un homme avec qui elle n'a aucun avenir…

## Liaison grecque, de Jennifer Faye - N°4629

Depuis leur rencontre, Adara et Krystof entretiennent une liaison torride – et sans engagement. Mais Adara finit par se lasser de ces rendez-vous trop brefs et met fin à leur histoire vouée à l'échec. Jusqu'à ce qu'elle retrouve Krystof sur une île privée grecque, pour y préparer avec lui le mariage de leurs meilleurs amis. Dans ce cadre enchanteur, les derniers vestiges de sa raison s'évanouissent pour laisser libre cours à une passion dévorante…

## L'empreinte du désir, de Heidi Rice - N°4630

Xanthe est troublée : pour récupérer l'héritage qui lui permettra de sauver son entreprise, elle n'a d'autre choix que d'aller à la rencontre de Dane Redmond, son mari, et de lui faire signer une fois pour toutes les papiers de leur divorce… Si l'idée de revoir celui qui l'a brutalement quittée dix ans plus tôt ne l'effraie pas – ne s'est-elle pas affranchie de son joug, en devenant une femme d'affaires accomplie ? –, elle comprend pourtant, lorsqu'elle pénètre dans le majestueux bureau de Dane, que les choses ne seront pas si simples. Car, à la seconde où leurs regards se croisent, elle se sent chavirer de désir…